A SEGUNDA MORTE

ROBERTO TADDEI

A segunda morte

Companhia Das Letras

Copyright © 2023 by Roberto Taddei

Grafia atualizada segundo o Acordo Ortográfico da Língua Portuguesa de 1990, que entrou em vigor no Brasil em 2009.

Capa
Violaine Cadinot

Imagem de capa
Mirante, 2019, óleo sobre linho de David Almeida, 180 × 240 cm.
Reprodução de Marcelo Almeida. Cortesia Millan

Preparação
Márcia Copola

Revisão
Clara Diament
Valquíria Della Pozza

Os personagens e as situações desta obra são reais apenas no universo da ficção; não se referem a pessoas e fatos concretos, e não emitem opinião sobre eles.

Dados Internacionais de Catalogação na Publicação (CIP)
(Câmara Brasileira do Livro, SP, Brasil)

Taddei, Roberto

    A segunda morte / Roberto Taddei. — 1ª ed. — São Paulo : Companhia das Letras, 2023.

    ISBN 978-65-5921-403-7

    1. Ficção brasileira I. Título.

22-137370   CDD-B869.3

Índice para catálogo sistemático:
1. Ficção : Literatura brasileira B869.3
Cibele Maria Dias – Bibliotecária – CRB-8/9427

Todos os direitos desta edição reservados à
EDITORA SCHWARCZ S.A.
Rua Bandeira Paulista, 702, cj. 32
04532-002 — São Paulo — SP
Telefone: (11) 3707-3500
www.companhiadasletras.com.br
www.blogdacompanhia.com.br
facebook.com/companhiadasletras
instagram.com/companhiadasletras
twitter.com/cialetras

*Para Ulisses e seus avôs,
Eneo Taddei Jr. (1947-2002)
e Fabio Almeida Lyra*

Sabemos, cada um em seu íntimo, que nenhum de nós cometeria tamanha besteira e, no entanto, sentimos como se um outro qualquer, sim, a fará.

Nathaniel Hawthorne, *Wakefield*

A SEGUNDA MORTE

Ele vê a mata escura da serra acender no retrovisor, rajada pelo vermelho das luzes quando pisa no freio, e outra vez o mundo atrás de si desaparece no breu. A janela aberta para a umidade da madrugada. A pista coberta de sereno. O balanço do carro agita as samambaias da encosta. Ele escuta as defensas do acostamento rebaterem o ruído dos pneus em intervalos ritmados que revelam a hesitação da descida: ora como fuga sinuosa, ora como predição paciente de possibilidades de um futuro. Um coágulo solto, é como ele sente que se desloca. Onde os caminhos se estreitarão o bastante até fazê-lo parar?

Fugir, ele não ignora, é um movimento ridículo, a negação da idade, como uma criança que tapa os olhos e imagina fazer o mundo sumir. Mas é um velho, para todos os efeitos. E, no entanto, aqui está ele, fugindo. Talvez tenha a ver com o desequilíbrio químico, que também diminui seu apetite sexual e retarda o metabolismo, influência das pílulas que o enganam a se sentir capaz de, mesmo a essa altura, deixar tudo novamente para trás.

Ele desce a serra em ponto morto. Seu olho esquerdo lacrimeja com o vento. Podia ter ido para o interior, um sítio perdido no meio do nada, ideia que ele logo rejeita — a solidão do campo como algo lento, vergonhoso, pequeno. Vai para o litoral, uma praia, uma vila de pescadores, onde esconderá seu carro num barranco coberto pela vegetação atlântica e encontrará abrigo numa pousada qualquer. É o que ele faz.

Dirigiu pelas ruas da metrópole na noite abafada de verão antes de se decidir pela estrada do mar. Viu jovens bêbados se arrastando nas calçadas junto aos viciados e catadores de lixo. Cruzou as avenidas grandes e vazias, os semáforos organizando a solidão numa malha de tempo. Viu o novo prédio, agora recoberto de vidros espelhados, do hospital onde o amigo com câncer agonizou por meses, a maternidade onde nasceram os três filhos, circulou as quadras onde ficavam as casas demolidas de sua infância e juventude, e que tinham sido transformadas em prédios com grades e câmeras de segurança, nas ruas onde namorou e jogou bola. Já não restam as casas geminadas em que saltava pelos telhados, nem os rios em que brincava, agora canalizados. Não tem mais a habilidade para escalar muros, nem para nadar.

Ele lembra do pai, na cama do hospital, que um dia o chamou e disse: "É difícil ser inteligente, porque a gente sabe quando está morrendo"; depois se levantou, carregando a bolsa de soro, a agulha presa com esparadrapos no braço, cansado, e caminhou lentamente sem saber que carregava um testículo de mentira, colocado ali em segredo tramado pela família para que não percebesse a mutilação. O pai se trancou no banheiro, de onde escapava o cheiro da fumaça de cigarro. Foi ele quem teve que ir à loja de próteses escolher o testículo para o pai, e se viu com uma réplica translúcida, meio firme meio macia, na mão, pensando com qual modelo seu pai não acusaria a emasculação após a cirurgia, quando apalpasse o saco. Será que perceberia a ausência do epidídimo? Apenas um ovo líquido desenhado para ser agradável ao toque e à vista, mesmo que fosse para esconder-se debaixo da pele enrugada e quente, um ovo líquido que devia agora restar ressecado na cova, ao lado dos ossos pesados do pai corpulento.

E anos depois, uma nova cirurgia. Na véspera, deitado ao seu lado no quarto do hospital, o pai explicou onde guardava o dinheiro, falou das contas bancárias, das senhas, tirou sua caneta-tinteiro dourada da pasta, um talão de cheques, "se precisar", o pai disse, e assinou duas dezenas de folhas em branco. "Estou com medo", disse, com a voz fraca. Teria sido o caso de ter respondido, "Como é difícil ser inteligente, pai", mas ele não disse nada. No dia seguinte, já não haveria como fazê-lo. Ser ignorante talvez seja ainda mais difícil.

Como os rios que antes corriam abertos e sinuosos pela cidade, ele pegou a saída para o mar. Sentiu a primeira lufada de ar salgado ao cruzar a cadeia de montanhas e deixar o planalto para trás. E agora a visão da orla iluminada, ofuscada pelo céu que começa a alaranjar no início da manhã.

Ficará ainda duas ou três horas dirigindo. Quanto tempo até que deem por sua falta? Uma semana, um mês? Arrombariam a porta do apartamento para não encontrar bilhete algum, nenhum sinal de violência, nada revirado, apenas a geladeira funcionando, as caixas de suco, os ovos e a manteiga repousando no frio artificial do que pareceu por tantos anos uma vida livre: a casa arrumada, sem as tralhas e os problemas da família que ele havia muito tinha deixado para trás. Encontrariam apenas uma marca no tapete da sala, a mancha do primeiro tombo por conta da idade, o sangue oxidado que tingiu uma poça arredondada. Quanto tempo até desaparecerem todas as marcas, até não restar nada dele?

Alguém se daria ao trabalho de vasculhar os hospitais, necrotérios, distritos policiais? Dariam queixa de desaparecimento, sumiço do carro, possível roubo, latrocínio, sequestro? Mês após mês se acumulariam as contas por debaixo da porta de entrada. Os vizinhos preocupados com os débitos e a inadimplência do morador desaparecido.

Até que, tempos depois, três supostos desconhecidos apareceriam, se tudo desse certo, para reclamar uma herança inesperada. Uma história bizarra, diriam. Ou apenas uma história lamentável. Talvez virasse notícia. Que importa. Dele, ninguém mais saberia.

1.

De frente para o mar, ele para à porta de uma pousada. A água ondula suave na baía. Uma faixa de luz sobre o oceano separa o que já alcança o sol do que ainda permanece na sombra. Há uma dezena de turistas na areia, deitados em toalhas e cadeiras de praia, sob guarda-sóis agrupados em cores distintas ao longo da costa. Quatro embarcações de madeira flutuam atracadas a boias brancas e vermelhas. No horizonte ele vê uma ilha, verde e iluminada. Bem ao fundo, a cordilheira que atravessou na madrugada, coberta agora pelo nevoeiro formado com o primeiro calor do dia.

Ele dá as costas para o mar e entra na pousada. As pupilas demoram para se acostumar à penumbra quando se afasta da claridade do dia. E então pode distinguir a bancada de trabalho com a desorganização de papéis velhos e calendários, um computador amarelecido e desativado, com o teclado enrolado no próprio fio e escondido sob o monitor. Na parede atrás da moça que atende na recepção ele vê pinturas marinhas com traços infantis, feitas com guache, giz de cera e lápis de cor, em molduras artesanais de madeira. São pequenas canoas, algumas na orla, sobre toras roliças, outras no mar. Não há ninguém nas imagens. No centro, em destaque, o desenho de uma praia vazia, à noite, com apenas uma lâmpada pública iluminando uma pequena fogueira acesa na areia remexida de pegadas.

Tenta lembrar como é experimentar o mundo com os olhos infantis. Chegar a uma praia e desconhecer o sentido de praia. Olhar o mar sem o saber o contrário da terra. Entrar na água e ignorar a existência de vida. E então de repente esbarrar numa água-viva.

"A pousada está lotada", diz a recepcionista. Como não pensou nas pousadas do litoral lotadas no verão? Está cada vez mais fora do mundo. Ele não diz nada, mas seu rosto deve indicar a frustração. A recepcionista diz que pode ver se há vaga em outro lugar. Ele aceita a oferta. Não tem para onde ir. Se não encontrar um quarto, ele pensa, dormirá na areia. Mas não tem saúde para isso. Não levantaria no dia seguinte. O pensamento é ridículo, ele sabe. Seu corpo já tem quase oitenta anos, e não irá além disso. Não é pouco. Mas não é nada quando olha para a vida ao seu redor.

"O senhor pode esperar no restaurante, se quiser", a moça diz. "Estamos servindo o café da manhã."

Ele senta à mesa em meio a famílias vestidas em trajes de banho: uma mãe com um prato onde equilibra fatias de melancia atravessa o salão escuro e úmido coberta por um pano estampado de araras coloridas, trançado sobre os seios; um homem de joelhos finos e arqueados pelo peso do próprio tronco carrega pedaços de bolo num guardanapo de papel e uma xícara de café com leite; duas crianças brincam com os telefones dos pais enquanto engolem pedaços de sanduíches de queijo e presunto, margarina escorre pelo canto dos lábios; um casal sem filhos tem sobre a mesa equipamentos de mergulho: pés de pato, máscaras, respiradores, e uma câmera fotográfica envolta num saco plástico.

Come um pedaço pequeno de pão e bebe café preto. Não está com fome, apesar de ter passado horas dirigindo. Não tem mais apetite, principalmente pela manhã, como se o corpo recusasse o recomeço do périplo do alimento pelo estômago e intestinos.

Então a recepcionista avisa que não encontrou vaga em nenhuma das pousadas da praia. "Sinto muito", ela diz. "Nesta época do ano o senhor só vai conseguir encontrar hotel na cidade. Quer que eu procure algo para o senhor lá?" Não, ele não quer ficar na cidade, ele não vai nunca mais voltar a viver numa cidade. Pensa novamente em dormir na areia. É provável que uma praia de águas tranquilas como aquela tenha sido habitada desde sempre por bichos e seres humanos. Só precisaria descobrir onde procuravam abrigo. Uma gruta, uma sombra de árvore, um leito de raízes. É estúpido, ele sabe. Mas ficará ali, está decidido. Nem que tenha que dormir no carro. Ele agradece à recepcionista e deixa a pousada.

Com os sapatos de couro preto na areia, presta atenção na paisagem. Não há muito que fazer. Os raios de sol que iluminam a baía já se aproximam da orla, subindo por detrás da encosta que esconde a fileira de pousadas e restaurantes. As casas variegadas da vila parecem ter sido construídas recentemente e projetam um ar colonial artificial. Algumas crianças brincam na areia enquanto seus pais passam cremes no corpo.

 Cobre a extensão da praia em poucos minutos. De um lado, uma elevação rochosa grande o suficiente para isolar a areia do movimento de carros e bloquear a visão dos banhistas da praia vizinha. Só é possível chegar ali a pé, e dali nada se sabe até que se desça à areia. Um isolamento que contribui para a ilusão de privacidade dos banhistas. Para cá devem vir os que não querem se mostrar, os de corpo cansado, de vísceras estufadas, e os velhos. No outro lado, a praia se desfaz numa pequena trilha de terra que sobe para a ponta do morro, projetada contra o oceano aberto.

 Por que esta, dentre todas as praias possíveis? A resposta não o entusiasma, porque pouco revela. Esteve ali quando criança, com seus pais. Mas não tem lembrança genuína dessa passagem. A segunda vez, com sua irmã, é dessa visita que se lembra, há uns cinquenta anos. Por acaso. A irmã pegaria o carro dos pais pela primeira vez para viajar com a namorada. Naquela época, viajar para o litoral num carro de passeio era uma aventura. A condição era que levasse junto o irmão. Os pais se sentiriam mais tranquilos se ele fosse, disseram. "Duas mulheres viajando sozinhas não é seguro neste país." Mas ele tinha passado a noite bebendo com os amigos da faculdade. Quando a irmã o acordou pela manhã, só o que conseguiu foi continuar dormindo no banco traseiro. A irmã se lembrava daquela visita à praia da infância e, no caminho para onde iriam, de outra praia, mais movimentada; resolveu desviar do destino planejado e parar ali. Quando ele acordou, já estavam com o carro atolado na areia. É disso que se lembra. E de outras poucas coisas daquele dia e noite.

Depois daquela viagem a irmã ficou doente, com uma infecção que a deixou internada por várias semanas. Uma área do seu cérebro foi afetada. Perdeu parte da memória e teve a fala e a capacidade cognitiva prejudicadas. Seus pais se separaram no fim daquele ano, o mesmo em que ele se formou, quando sua vida passou a ser organizada pelo ritmo do trabalho no escritório.

Não, não é por isso que está de volta àquela praia. Mas, no caminho sem rumo de sua fuga, também não pareceu errado que seguisse naquela direção. Ainda que fosse ingênuo esperar que algum tipo de portal tivesse permanecido aberto naquele lugar, e que por ele voltaria à outra vida sem sobressaltos, sem questionamentos, à vida porosa e expansiva da infância e da juventude.

No final da praia ele encontra uma loja de roupas de verão, dentro de uma pousada. Compra um calção, uma camiseta, uma sandália e uma toalha. Veste ali mesmo as novas peças, apoiado na banqueta de plástico de um provador. Parece agora um imbecil, num calção estampado com figuras de caranguejos e caramujos. Por que a humanidade decidiu que de um dia para outro tudo deveria ser uma brincadeira? Volta para a praia carregando a sacola de plástico com as roupas usadas: calça, camisa, e os sapatos sociais.

O suor escorre pela testa enquanto caminha na areia. Ele estende a toalha comprada, tira a camiseta e vai até o mar. Dentro da água sente o frio tomar conta do seu corpo, o sangue esfriando ao percorrer os vasos sanguíneos da epiderme. Estica as pernas, abre os braços e flutua no mar calmo. Que a água gelada paralise tudo aquilo que cresce desordenado dentro dele. Mas a temperatura do mar não é tão baixa. O que sente é apenas um leve choque térmico. Seria preciso um mar de nitrogênio líquido para obter o efeito que procura, um gelo celestial.

Com os ouvidos dentro da água ele sente reverberar a própria respiração, amplificada pelo ruído uterino do oceano. Tenta não pensar em nada, apenas sentir o entrar e o sair de ar nos pulmões. Fecha os olhos e percebe a luz do sol atravessando suas pálpebras, quando então a claridade é entrecortada por lances de sombra. Ao abrir os olhos vê urubus planando sobre si.

Ele deita sobre a toalha estendida na areia macia. Não tem protetor solar. Assim como não tem protetor, não tem planos, ou seus planos são incompletos. Deixaria aquela praia logo após secar ao sol, procuraria outra praia ainda mais afastada, onde só existam de fato pescadores, onde possa ficar escondido de verdade. Mas é da ideia de que é possível fazer escolhas que quer fugir agora. Se é possível, em seu estado, fazer planos, sua única consideração será não planejar mais nada. Que queime ao sol, se o Sol assim o quiser.

Ele se deixa acalmar sentindo as gotas de água salgada desidratando a pele com o vento quente e então cai no sono. Desliza facilmente para um sonho recorrente: dois olhos negros sem rosto o perseguem. Mas ele não sabe onde estão. Caminha por uma trilha suspensa sobre o vazio, onde procura pelos olhos que o seguem, ora entre pessoas que conhece e desconhecidos, ora entre lugares visitados e outros ainda ignorados. No sonho, ele atravessa os objetos, que ganham dimensões astronômicas. Os objetos o engolem e por eles percorre um tempo proporcional ao volume de cada um, até que chega à outra margem de um copo, uma cadeira, um caminhão. Seu corpo assume por um instante o tamanho de um planeta. Mas os olhos negros são ainda maiores. A trilha agora parece ser uma ladeira, por onde sobe sem se inclinar, como se conectado a outro centro gravitacional. Atravessa nuvens, cachoeiras, pássaros, aviões. Vê cometas e estrelas dançando em círculos sobre sua cabeça. No topo da ladeira a trilha termina e ele olha para baixo. Está muito distante. Do quê, ele não sabe. Sente apenas um enjoo difuso. A náusea parece conter as coisas que ele lembra ter atravessado e todas as que não lembra mas que sente carregar em si. Ele então avista os olhos negros, concentrados nele. Os olhos são a única coisa que não existe dentro dele. Teme, não os olhos, que agora o atraem para o fundo do redemoinho que se formou ao seu redor, mas a possibilidade de se entregar ao que parece um caminho sem volta.

Ele sente uma leve pressão contra seu ombro. Ao seu lado, um menino tenta acordá-lo. Por um momento ele confunde os olhos do menino com os do sonho. Sente a pele arder e senta curvando o corpo para a frente, com as pernas flexionadas. Passa a mão sobre a cabeça e ajeita os cabelos brancos embaraçados pelo vento.

"O sol tá muito quente, achei melhor avisar. Já vi gente ir pro hospital por causa disso. O senhor é muito branquinho."

Ele olha para os braços vermelhos, a barriga rosa, e sente as rugas rompendo a camada de sal ressecado em seu rosto. O menino continua sentado ao seu lado, na areia.

"Minha tia mandou chamar o senhor lá na pousada. Gustavo Embaú é o senhor, não é?"

O menino não aparenta ter mais que dez anos, tem os cabelos encaracolados, escuros e compridos à altura dos ombros. A pele queimada realça, por baixo das abas do calção estampado, a brancura de coxas protegidas da luz. A camiseta regata folgada deixa balançar sobre o peito um colar de conchas pequenas.

"Gostei do seu colar", ele diz, como a agradecer ao garoto.

"Ah, valeu. Eu que fiz. É de concha daqui mesmo."

"Tive um também, há muito tempo. Quer dizer, era parecido, de sementes, não de conchas."

"A tia diz que é bom a gente usar colar, qualquer coisa que seja, porque protege a gente."

"E do que é que esse colar te protege?"

"Ah, sei lá. Diz que é pra não engolir aquilo que não quero. Que o colar assim em volta do pescoço ajuda nisso."

"Talvez eu devesse usar um também", ele diz.

"Posso fazer um pra você. Linha eu tenho, mas tem que catar as conchas bem cedo, quando a maré tá baixa. Depois que a gente desce pra praia de manhã e a maré sobe, aí só sobra caqueira."

Ele vira para o lado tentando um apoio para levantar do chão. O menino parece perceber sua dificuldade e puxa seu braço para cima, mas a força não produz muito efeito. Não consegue mais se levantar sozinho, é isso. Ele se põe de quatro, lentamente senta sobre os calcanhares, e com os punhos contra o chão dobra uma das pernas e endireita o corpo. O menino o ajuda sacudindo a areia da toalha enquanto ele veste a camiseta.

"Armandinho, meu nome é Armandinho. Mas pode me chamar de Dinho", o menino diz, sem que ele pergunte, antes de chegarem à pousada.

Pensa novamente na roupa ridícula que está vestindo. Não muito diferente da roupa de Dinho. Quando foi que tudo passou a ser uma brincadeira?

O tecido sintético de seu calção de caranguejos e caramujos faz com que escorregue na poltrona de vime ao lado da recepção. Na sua frente, na mesa de centro, ele vê uma miniatura de canoa em madeira pintada de azul. Dentro dela há um remo, também de madeira, com a ponta curva, e um pequeno cesto de palha com peixes pintados de cinza.

Logo uma senhora de cabelos brancos aparece. Os cabelos presos num rabo de cavalo afrouxado chamam sua atenção. Uma velha, como ele, mas de cabelos longos. Nos poucos passos até que ela se apresente, ele repara em sua camisa branca, larga, arrumada por dentro de calças cáqui, nas sandálias fechadas de tecido vermelho que combinam com o cinto vermelho escuro. Suas pernas são compridas e finas. A maquiagem, se usa, é discreta. E ele, com seu calção estampado de bichinhos do mar.

"Que bom que o senhor não foi embora", ela diz. "Celinha me falou que o senhor tá procurando lugar pra ficar. Pena que estamos lotados. Mas, olhe, temos um quarto pequeno que a gente não costuma alugar. Como não tem lugar em nenhuma outra pousada, se o senhor quiser, pode ficar nele. Pedi para arrumarem um pouco. O senhor pode dar uma olhada. Mas não repare a simplicidade."

Ela fala com calma, demonstrando um interesse vivo e desarmado no olhar, algo que ele receia ter perdido, que nem sequer lembra ter experimentado um dia. Mesmo sem o conhecer, ela não parece desconfiar dele. Ele aceita a oferta.

No quarto ele encontra três prateleiras de madeira vazias contra uma parede manchada pela umidade. O cheiro de mofo resiste ao desinfetante que recende do piso frio de ardósia. O pó recém-espanado cintila com os raios de sol que entram pela pequena janela aberta na parede oposta à porta. O cômodo tem cerca de quatro metros quadrados e um banheiro com o chuveiro elétrico instalado quase sobre o vaso sanitário.

Tira as roupas sociais da sacola de plástico e as arruma na primeira prateleira, ao lado da porta. Toma uma ducha e depois deita na cama, nu. O resto do dia ele passa dormindo e só acorda no entardecer, com o cheiro de comida que escapa da cozinha, ao lado, e ocupa seu quarto. Ao vestir novamente as roupas da cidade percebe uma ardência nos ombros e na barriga. Sua lombar volta a doer. Sempre no final do dia, e pela manhã, é quando sente mais.

No banheiro ele vê que sua barba branca já começa a despontar. Cresce novamente, dia após dia. Tem a impressão de estar com mau hálito. Deve se preparar melhor, comprar escova de dentes, barbeador, protetor solar. Se vai fazer daquela praia o seu último lugar e quanto tempo vai levar, isso ele não pode dizer, que tenha um pouco de dignidade.

Durante o jantar a senhora de cabelos brancos para junto às mesas dos hóspedes e parece retomar assuntos interrompidos. A conversa flui com interesse genuíno. A cena se repete algumas vezes, sem que ele possa ver sinais de falsa gentileza. Por que estão ali no mesmo ambiente, ele escondido do mundo, ela como presença radiante, ele se pergunta. Têm possivelmente a mesma idade, setenta e tantos, oitenta. Cresceram no mesmo país, expostos à mesma história de suas gerações. São, isso ele pode afirmar, sobreviventes. Se por nada, ao menos pela constatação de que são os únicos dois velhos naquele cenário feito para jovens casais e novas famílias. Sobreviveram até aquele momento à morte natural de todos os dias, à morte que havia extirpado do mundo pessoas como eles, supostamente experientes, supostamente preparadas, e possivelmente melhores que ele. Restaram poucos. E ali estão os dois, tipos tão distintos de sobreviventes.

Ela entra e sai da cozinha cuidando para que não falte água ou pão nas mesas. Ele repara na calma com que executa as tarefas, como se procurasse evitar que a falta de uma coisa ou outra pudesse se precipitar em erro ao olhar dos hóspedes. Ao menos é esse o efeito que provoca nele, como se o haver e o não haver, o existir e o acabar fossem parte de um contínuo tranquilo do mundo, a exigir movimentos repetitivos que nela não parecem enfadonhos.

Ainda assim, ele apreende nela o que pensa serem as marcas de uma vida: tem um dos olhos levemente mais fechado que o outro e que não se altera quando ela sorri; o canto esquerdo da boca é um pouco caído, como um corte na carne que se fecha e, mesmo cicatrizado, perde a musculatura que a sustenta; quando ela senta, uma das pernas permanece esticada por baixo da mesa, e de tempos em tempos ela passa a mão na coxa enrijecida, como se a massageasse.

Ele termina seu prato e toma meia xícara de café quando ela enfim se aproxima e pergunta se gostou do jantar. Ele agradece e faz menção de puxar a cadeira ao lado para que ela sente. Antes que consiga pôr a mão no encosto ela diz que precisa resolver algo na cozinha, pede licença e deixa o salão. Ele aproveita o gesto incompleto, levanta da mesa e sai para caminhar.

A pousada fica no meio da praia. Restam cerca de cem metros para cada lado. Muito pouco para um passeio noturno. Decide então refazer o caminho da sua chegada. Vira à direita ao deixar a pousada, anda até as rochas, sobe a escadaria de concreto construída nas pedras, desce na praia vizinha, do outro lado, e segue até o estacionamento improvisado atrás da restinga. Nada do que vê parece familiar naquela praia. Vasculha a memória em busca de uma lembrança com a irmã ali. Nada restou das casas de pescadores que ele pensava existir. Só vê estabelecimentos comerciais, bares e restaurantes com as portas fechadas à noite, luzes iluminando letreiros coloridos. Nas encostas afastadas, casas luxuosas de veraneio, de dois ou três andares.

Procura o carro onde o deixou, junto a uma encosta do morro que mantém isolada aquela praia. A luz do poste na estrada de acesso não é suficiente para iluminar a área. Quando aperta o controle no bolso, as luzes do carro piscam clareando por um instante o caminho. Abre a porta e senta no banco do motorista. As solas dos sapatos carregam um pouco de areia para dentro do carro. Sente a lisura do revestimento de couro. O painel preto acende nas cores azul e laranja quando ele coloca a chave no contato. Passa as mãos sobre os bancos, alisa o topo do painel e sente o toque da borracha. Olha pelo espelho retrovisor. É um breu lá fora. Fica ali por um instante, de olhos fechados. Ao sair do carro, torna a apertar o controle no bolso. As luzes se acendem em outra frequência e ouve o barulho das portas sendo travadas. E então caminha de volta, em direção às rochas.

Há uma luz no alto do morro. Só agora, com a escuridão da noite, é que consegue perceber. Apura o olhar e percebe que a luz vem de uma construção mais no alto, uma pequena capela, de portas abertas. Ele sobe a escadaria sobre as rochas com esforço. Quer descobrir o que há ali. Da capela escapam os sons de um órgão elétrico tocando acordes simples e alongados. Ele pega um pequeno desvio de terra e, metros depois, para à porta da igreja. Uma dezena de pessoas acompanha um culto. Com os braços que às vezes se levantam, as mãos espalmadas no ar, o público segue a fala de um pastor no microfone. Ele chega a tempo de ouvir uma parábola que desconhecia, a história de um rapaz que, no tempo de Jesus, sentado à janela do último andar de uma casa de três pisos, ouvia as palavras de um dos apóstolos de Cristo. Teria sido um pequeno sermão, para poucos ouvintes. Mesmo assim, o apóstolo se entusiasmou, e falou por horas. Duas, três, quatro horas. "Aleluia!", gritam os fiéis na capela, e em seguida tornam a levantar os braços com as mãos espalmadas. O pastor continua a contar a parábola: o sermão do apóstolo se estendeu até meia-noite. O rapaz na janela parecia desatento. Não prestava atenção nas palavras do Senhor que eram ditas pelo apóstolo. O rapaz então adormeceu e acabou por cair do terceiro andar. O sermão foi interrompido pela queda e os ouvintes correram para socorrer o rapaz. "Está morto", foi o que disseram quando o alcançaram. O apóstolo se aproximou, tocou o rapaz acidentado e disse: "A vida ainda está dentro dele". Aquela era a última lição de seu sermão. "Aleluia!"

O sentido da parábola, o pastor explica: o rapaz teve a oportunidade de escutar as palavras do Senhor e não as ouviu, dormiu e caiu do alto da janela. "Quantos aqui têm a mesma oportunidade e não ouvem?" A retórica é primária, ele pensa.

Quando percebe que o pastor o vê parado à porta, decide sair. O que pensa ser o topo do morro não é. Há outra trilha de terra, que começa ao lado da capela. E é por ela que segue.

Um poste ilumina a trilha cem metros à frente. Ali estão as casas dos moradores da vila, ele pensa. Vê duas dúzias de construções baixas, cobertas somente com cimento, algumas com os blocos de concreto aparentes. Os telhados são de placas de alumínio, e as portas de madeira tão simples que parecem ocas. Ele quer ir até o fim daquela trilha, mas o caminho termina no poste de luz. Não há mais nada ali, apenas mato.

Olha para trás e vê o mar escuro na noite. Há luzes na ilha da baía. Deve haver uma mansão ali. No horizonte também se percebe a claridade da cidade mais próxima. E, quando acostuma o olhar, pode ver os faróis dos carros na estrada, ao longe, cortando as montanhas da encosta.

Então ele ouve barulho vindo de uma das casas próximas, mais abaixo, um som que sai por uma janela, iluminada pela luz fraca e amarela do alpendre lateral. As outras casas estão apagadas. Seus moradores estão dormindo, ou estão no culto, talvez. O barulho parece um sussurro ritmado. Ele se aproxima da casa que tem a janela aberta. Cuida para sair do foco da luz e se esconde na escuridão. Com dois passos pode observar o que acontece lá dentro sem que ninguém o perceba. Ele vê a cabeça de uma mulher voltada para baixo, sobre uma cama, a se movimentar, para a frente e para trás. Os cabelos compridos cobrem o rosto. Ele dá mais um passo e vê um homem atrás dela. A mulher tem os quadris levantados, o peito encostado no colchão, e o homem, de pé, segura seus quadris e se choca contra ela com força, em movimentos repetitivos. As coxas flácidas da mulher balançam a cada investida. Ele não consegue ver o rosto do homem, mas não parece jovem, a julgar pela silhueta do corpo. A mulher começa a gemer mais alto e a dizer frases de estímulo para o homem, que responde no limite de sua resistência. A mulher parece querer mais, é mais jovem que o homem, ele presume, e dá tapas no colchão, e depois no próprio corpo, tentando puxar o parceiro para si. O suor na testa do homem reflete a luz de um abajur. Então a mulher comprime o lençol dentro das mãos fechadas em punho e o homem para de se mexer.

Ele aguarda na escuridão. Agora que o casal parou o que fazia, é arriscado sair da sombra. O homem deita ofegante no colchão, ao lado da mulher, que se vira para o lado e apaga a luz do abajur. A janela permanece aberta e ele se dá conta de que agora é mais fácil para o casal olhar para fora e enxergá-lo. A luz do alpendre favorece o casal. Ele dá um passo para o lado e procura se esconder atrás de uma árvore, mas pisa em folhas secas e gravetos que quebram sob seu peso. O homem aparece na janela e olha para fora, para onde ele está.

De rosto inchado e barba espessa, o homem continua olhando em sua direção. Ele não consegue interpretar a expressão no rosto do homem, mas vê que seu peito e pescoço estão cobertos por tatuagens. A mulher aparece na janela e oferece um cigarro aceso ao parceiro. Ele vê a silhueta dos dois e a brasa do cigarro, que se aviva e enfraquece enquanto muda de mãos entre um e outro. Logo o fumo do cigarro é consumido. O homem atira a bituca na mata escura e o casal some novamente na escuridão do quarto. O filtro branco, com um resto de brasa, cai perto de seu pé.

O que teme acontece. A brasa começa a queimar sobre as folhas secas. Primeiro uma fumaça cinza se adensa e logo aparece a primeira chama. Precisa sair dali.

Não tem opção senão deixar a sombra e se expor por alguns passos à luz do alpendre. Quando chegar à trilha, novamente ficará sob a luz do poste. Mas essa é fraca e distante da casa, não seria um risco. Precisa chegar à trilha o quanto antes. O quanto antes, em seu caso, é vagaroso. Por mais que tente se apressar, seus passos são lentos. As pernas não respondem como ele deseja, e até mesmo seus pés se levantam menos do que ele calcula quando anda. O resultado é que produz um barulho pouco sutil de folhas se arrastando, nada que se assemelhe a um animal noturno, e logo o casal volta a aparecer na janela. Ele não vê, mas sente que ao menos seu vulto foi percebido. Tem cabelos brancos, está de camisa social branca. Como não chamar atenção na escuridão? Sua esperança é que seja confundido com um dos moradores da vila, o que acha pouco provável. Pelo que viu, ele é ao menos dez centímetros mais alto que a média da população ali. Ele não olha para trás. Desce a trilha apressado, com medo de tropeçar.

O ritmo não dura mais que alguns passos e ele é obrigado a ir mais devagar. Quando enfim chega à capela, pode se virar e olhar para a trilha. Não há ninguém atrás dele. Não há sinal do fogo, não há fumaça. Apenas a luz do poste, ao longe.

Ele dá a volta na capela e passa em frente à porta. Os fiéis estão deixando o culto. Agora já há testemunhas demais da sua presença, que parece não ser desejada. Quando o veem, param, emudecem. Ele distrai o grupo dando boa-noite sem olhar nos olhos de ninguém. Até que alcança a escadaria e logo está de volta à praia.

Não se passou nem um dia e já se sente enredado na vida de pessoas que não conhece, que nada têm a ver com ele, pessoas que deveriam ser apenas a paisagem distanciada do seu refúgio.

* * *

Com a velhice, suas gengivas retraíram. Os dentes agora são assustadoramente grandes, como os de um coelho, e amarelados. Os molares têm manchas pretas renitentes na base. Seu nariz aumentou de tamanho e enrugou, junto com a pele do rosto. Pela manhã, o que ele encontra é uma expressão sem viço. A pele quase cinza, como se o sangue tivesse parado de circular enquanto dormia. As pálpebras vincadas. Os cabelos grisalhos emaranhados, com cor de muco nas pontas, e os pelos que insistem em crescer: a barba branca, os pelos pretos e brancos brotando das narinas e orelhas. Ele prende os dedos da mão numa pinça e tenta extrair alguns. Tira dois, três, quatro, mas ainda restam muitos. Ontem não estavam ali e hoje pela manhã aparecem como a desafiar a lógica do tempo. O que ele não tem de vigor, seus pelos esbanjam.

Quando vai se vestir, hesita entre a roupa social com que chegou e o calção de praia e a camiseta que comprou. Ainda é cedo. Talvez, se sair logo, não encontre muita gente na pousada. Terá que procurar uma farmácia, um supermercado, uma loja de roupas, mas duvida que exista tudo isso na vila.

Sai do quarto com a roupa social e, como pensou, não há hóspedes no restaurante. Apenas a recepcionista, com uma expressão de alegria que o irrita. Ele se serve de café preto, come um pão de queijo, e pergunta onde pode encontrar o que precisa. "Só na cidade", ela diz, como se desse uma boa notícia.

Ele deixa a pousada quando funcionários já carregam cadeiras de praia e guarda-sóis para a areia. Atravessa o monte de pedras e desce à praia vizinha. Os bares e restaurantes estão abrindo. O sol ainda não chegou à praia, mas o dia está limpo. Pela agitação, prevê que será movimentado.

* * *

Leva quase uma hora para chegar à cidade. É feia como qualquer outra em seu país. Um desarranjo de ruas e casas malconservadas, cravejada de postes de luz e enredada em fios elétricos, de telefonia, internet e tevês a cabo. Muros, empenas e pontos de ônibus estão cobertos por anúncios publicitários. Aqui e ali vê nos cartazes o rosto aumentado e encerado de apresentadores de programas de tevê.

Depois de um tempo rodando, encontra um centro comercial com tudo o que precisa. Quando sai dali, há um papel amarelo preso ao para-brisa do seu carro. Nem se deu conta de que parou em lugar proibido. Por pouco o carro não tinha sido guinchado. E agora há um registro de que ele esteve naquela cidade. Ao menos de que seu carro esteve por lá. Se alguém quiser investigar, poderá encontrar o seu vulto passando por alguma câmera de segurança. Sabe que ninguém se dará ao trabalho. Mesmo assim, não quer deixar rastros e sente a multa como um golpe. Não tem mais nada a fazer na cidade. Precisa ir embora o quanto antes.

Passa no banco e saca todo o dinheiro disponível na conta. Na saída da cidade, para numa loja de automóveis. Vende seu carro por uma ninharia. Mostra os documentos e assina os papéis necessários para a transferência de titularidade. Depois pega o primeiro táxi que encontra.

Só consegue voltar para a vila na hora do almoço, quando a praia está cheia. Os carros parados ao longo do caminho impedem a passagem do táxi e ele é obrigado a andar pela estrada, carregando as sacolas com as compras. Ao pisar a areia, se surpreende: onde estavam todos aqueles infelizes ontem? Uma mulher obesa de biquíni, agachada ao lado do marido, espreme cravos das costas cobertas de pelos pretos do homem. Crianças correm entre os guarda-sóis, espalhando areia por onde passam. Ele desvia o olhar e segue em frente. Sente as gotas de suor escorrerem da testa e caírem grossas na areia.

Quando chega à pousada, está passando mal. Precisa sentar. Se pudesse, preferiria desmaiar e não ter que lidar com aquilo. Quando acordasse, os outros já teriam tomado conta dele. Se não acordasse mais, tanto melhor. Não, ainda não é a morte, ele pensa. É este calor, o sol do meio-dia, a falta de comida no estômago. Só precisa deitar. Comer alguma coisa. Mas ele não consegue dizer nada. Seu coração não envia sangue suficiente ao cérebro. Seus pulmões não transmitem moléculas de oxigênio suficientes para seu sangue. Seu coração, seus pulmões, seu sangue. Será que já pode se libertar dos pronomes possessivos? Seriam seus, afinal, se já não executam as tarefas que espera deles? Ou talvez ajam com uma sabedoria que desconhece? O conjunto de peças que compõem seu corpo parece tomar uma decisão: desligar-se e poupar energias para sobreviver. O conjunto abstrato ainda parece querer viver. Não seria melhor aproveitar a chance e se desligar de uma vez? Mas não é essa parte de seu cérebro que controla o corpo. O que ele pensa não faz a menor diferença. A menos que esteja disposto a meter uma bala na cabeça ou pular de um penhasco, seu corpo continuará vivendo, mais um pouco, sentindo dor ou não, passando mal ou não. É o cérebro que sente dor. É o cérebro que passa mal. É isso, o corpo está tentando dar alguma lição ao cérebro. Mas ele não entende. Custa a aprender. E assim que comer, assim que descansar, terá esquecido a dor, terá perdido mais uma lição.

Logo a dona da pousada aparece. Alguém deve ter se encarregado de avisar que um dos hóspedes estava passando mal na recepção. A chegada dela o incomoda mais do que o próprio mal-estar. Ele tenta pedir desculpas, mas nem isso consegue fazer. Ela traz um copo de água, que ele bebe com as mãos tremendo, derruba líquido sobre o peito e empapa a camisa.

Alguém surge com uma torrada salgada e enfia em sua boca. Seus pés são colocados na mesa de centro, sobre uma almofada. Ele é obrigado a se reclinar na poltrona, e outra almofada é acomodada em sua nuca. Fecha os olhos e vai mastigando a torrada. Aos poucos as vozes que ouve como um murmurar confuso se divisam em timbres distintos, vozes femininas e masculinas, alguém assustado, outro calmo, um terceiro diz algo que deve soar engraçado, e ri. Antes de abrir os olhos ele sente um cheiro adocicado de madeira e folhas secas queimando. É o aroma, ele tem a impressão, que o traz de volta, mais do que a água ou a torrada. O estímulo do olfato capaz de reorganizar a confusão de sentidos em que seu corpo parece ter se transformado. Como se o cheiro varresse dentro dele um resíduo apagado pelo tempo e se coadunasse novamente em identidade, amalgamasse nele um indivíduo capaz de tornar a olhar nos olhos de outras pessoas, de se fazer entender, se fazer existir.

Quando levanta as costas da poltrona e abre os olhos é que vê os sorrisos nos rostos ao redor. A recepcionista, a dona da pousada, um casal de hóspedes. Um deles se comporta como médico, e é para esse hóspede que todos olham quando fala que ele, o velho, está fora de perigo, "mas é bom descansar". No restaurante, ele percebe, a cozinheira e um ajudante estão bisbilhotando.

Ele então diz que quer ir para o quarto. Pensa em dormir até o dia seguinte. Talvez ir embora na madrugada, sorrateiramente. Esquecer da aventura na praia, alugar um carro e bater contra as defensas metálicas da serra, despencar para sempre. Mas ele só vai para o quarto depois que a dona da pousada faz com que se comprometa a conversar quando melhorar. "Passo no seu quarto daqui a uma hora para ver como você está", ela diz, sem que ele tenha chance de responder.

Quando deita na cama, subitamente se sente melhor, e após alguns minutos já não quer dormir. Está com fome, uma fome legítima. Então levanta, toma banho, abre as sacolas de compras, faz a barba, tira os pelos do nariz e das orelhas, passa perfume, e veste um dos conjuntos de roupa que comprou na cidade: uma bermuda cáqui e uma camisa de linho branca. Calça as novas sandálias de couro marrom, apropriadas para o verão, e vai para o restaurante.

Come excessivamente. Sabe que não deveria, que o melhor teria sido se alimentar de chá e torradas, um mingau, comida de velho. Talvez se arrependa mais tarde, mas não importa. Está cansado de fazer a dieta razoável, recomendada. Se tem vontade de comer, vai comer. Nem que seja um pedaço de carne sangrando, um cozido de linguiças e pimenta, um pedaço de pão branco, azeite, manteiga, o que estiver na sua frente. Toma três xícaras de café com açúcar.

Depois do almoço o sono enfim chega. Deitado na cama, sente o bolo de proteína animal e farinha em seu estômago esvaziar seu cérebro. O som de crianças brincando na orla entra pela janela filtrado pela vegetação da encosta, pelo farfalhar de folhas. Por um ângulo ele vê urubus no céu em voos retardados de calor.

* * *

No final da tarde acorda renovado. Sua lombar não dói. Lava o rosto e no espelho parece ver alguma cor novamente em sua pele. O branco dos olhos parece brilhar. Algo mudou em seu corpo e ele não sabe dizer o quê. O pensamento de que está curado passa por sua cabeça por um instante. Mas talvez deva ser como a melhora súbita dos moribundos, uma força vital que reacende pouco antes do fim.

Deve aproveitar, portanto. Não sabe quanto tempo durará. Pode deixar a pousada e correr pela praia. Pode nadar no mar. Pode subir por uma das trilhas da encosta e se aventurar pela praia vizinha, pode alugar um caiaque e remar até a ilha. Ou quem sabe pode parar no quiosque, pedir uma cerveja, comprar um maço de cigarros, flertar com alguma mulher.

À noite encontra a dona da pousada, sentada na poltrona da recepção. Ela pergunta se ele melhorou. A resposta que dá é um comentário irônico sobre seu estado lamentável naquela manhã. Ela não parece embarcar na conversa.

De onde ele vem? Onde está sua família? Por que está ali sozinho? Sem bagagem? É sobre isso que ela deve querer conversar, ele pensa. Ela não fez nenhuma pergunta desde que chegou. E não parece ter intenção de fazer. Talvez tenha a expectativa de que ele mesmo revele a própria história, sem desconfiar de que, se ele o fizer, será uma mentira o que tem para contar. Para o bem de todos. Mas isso deve importar para ela, ele pensa. É um hóspede em sua pousada. Um hóspede de risco, um velho, aparentemente doente, que pode ameaçar o seu negócio. Tem que lidar com a questão. Como explicar o que está fazendo ali? O óbvio é começar contando sua vida, oferecer a ela uma sucessão de acontecimentos espalhados no tempo. Tudo verdade, mas, ainda assim, uma mentira, ele sabe. Como fugir às perguntas que ela faria? Ah, mas o senhor não ficou tantos anos casado, não tem mais ninguém da família para contatar? E que fim levaram os seus três filhos? Por que não os vê há mais de vinte anos? E não teve outros relacionamentos? Onde o senhor estava em 1968? Em 1989? Em 2001? Em 2013? As mentiras confirmariam um elenco de crimes praticados ao longo de uma vida. Como explicar que são crimes de que não se arrepende? O que ele não precisa dizer, contudo, é que não tem para onde voltar.

Ela fecha o livro que estava lendo, tira os óculos e olha para ele. A pousada está calma. As portas do restaurante já estão fechadas. Ele cruzou com alguns hóspedes que caminhavam na areia. Outros, imagina, devem estar em seus quartos, com a televisão ligada. Ele senta em outra poltrona, oposta à dela. "Espero não estar incomodando", ele diz. "Você não incomoda em nada, Gustavo." Ele agradece novamente pela hospitalidade da pousada. Está procurando assunto. "Estava preparando um chá. Quer uma xícara?" Ela deve ter percebido sua agitação. Ele aceita.

Ela levanta e entra pela porta da cozinha, depois volta com as xícaras e um bule de ágata laranja numa bandeja. Coloca o conjunto no canto da mesa de centro, retira a escultura da canoa de madeira e abre em seu lugar uma pequena toalha de crochê branca. Deixa o bule, as xícaras, uma em frente a cada um, depois o açucareiro. Leva a bandeja com a escultura para o restaurante e volta a sentar na poltrona. Como ele, ela não adoça o chá. Bebem em silêncio. Uma brisa fresca agora sopra do mar para dentro da pousada.

"Acho que estou em desvantagem", ele diz. "A senhora sabe meu nome, mas eu ainda não sei o seu." É uma jogada barata, ele pensa. Não há integridade no que diz. "Não seja por isso", ela responde. Bianca, Bianca Blass, é esse o seu nome. Não consegue escapar da conversa que ele mesmo começou e que, percebe, não levará a lugar algum. Falam da origem de seus sobrenomes. Ele tenta explicar como pode ser branco tendo o sobrenome indígena Embaú. É uma lenda da família, ele diz, e conta a história que há muito tempo inventou e que segue repetindo. Um ancestral italiano veio ao Brasil no início do século xix e foi rebatizado por uma tribo guarani. Ele diz não saber por que o viajante teria abdicado do sobrenome de cristão-novo. Sua família era do Norte da Itália, ele diz, mas aventa a possibilidade de que o homem talvez fosse perseguido por credores, ou pela família abandonada, e veio se esconder no Brasil. "Você vê que a fisionomia não deve ter ajudado, mas pelo sobrenome, se um oficial estivesse procurando por ele em algum papel, decerto imaginaria se tratar do contrário, de um índio batizado por brancos." É uma mentira, ele sabe, mas não inteiramente. O nome tem funcionado até agora.

A história dela é mais simples. Os pais vieram da Alemanha no começo do século xx, fugindo da guerra. São ambos descendentes de europeus, os dois concluem. Mas não têm sentimentos a respeito. Não foram alfabetizados nem em alemão nem em italiano. São brasileiros, "seja lá o que isso signifique", ele diz. Jogam conversa fora, é o que fazem. E voltam a ficar quietos. Ao contrário dele, ela não parece se incomodar com o silêncio.

"Você deu um belo susto pela manhã na gente, Gustavo."

"Foi o calor, e talvez a falta de comida. Mas agora estou bem, como havia muito não me sentia. Obrigado pela ajuda, de qualquer maneira."

"Não quer sentar aqui deste lado?" Ela muda de assunto. "Dá pra ver a cidade. A noite está bem limpa. Não é sempre assim."

Ele levanta da poltrona e senta ao lado dela, de frente para as grandes janelas da pousada, abertas para a praia iluminada e para a baía escura. Entre eles e a claridade da cidade, no horizonte, piscam esporadicamente as luzes de um ou outro barco de pesca, boiando no mar.

Os hóspedes voltam aos poucos para a pousada. Passam por eles, dizem boa-noite, e desaparecem no corredor dos quartos. O rumor suave da água se revolvendo na orla abafa os sons domésticos das famílias e suas abluções noturnas. Um recorte da lua aparece no quadro emoldurado pela janela, surgindo do mar. Quando o último hóspede passa por eles, ela se levanta, pede licença e avisa que vai dormir. "Feche as janelas para mim quando for para o quarto, por favor."

"Ah, quase me esqueço", ela diz, voltando com uma agilidade que o impressiona. Segue até a cozinha e retorna com um prato de louça branco e azul. "Fizemos essas queijadinhas hoje para o almoço. Ainda estão frescas. Sobraram estas duas." Ela avança o prato em sua direção.

Já não come doces, principalmente à noite, porque tem azia. Mas não sabe como recusar a oferta. Ele hesita por mais um instante. "Fique à vontade, Gustavo, com licença." Ela põe o prato sobre a mesa de centro. Ele olha novamente para os doces e um gosto específico vindo da infância preenche sua boca. Espera que Bianca deixe a pousada e feche a porta. Ele a vê caminhar pela areia e passar em frente à janela, sem se voltar para ele. Olha de novo para as queijadinhas enquanto serve mais chá em sua xícara. Com o guardanapo, embrulha os doces.

Quando o círculo da lua se aproxima do centro da janela ele levanta, fecha as persianas, apaga as luzes da recepção e segue para seu quarto. Vai despedaçando as queijadinhas, lentamente, no guardanapo. Depois joga tudo no vaso sanitário e puxa a descarga. Não quer que Bianca pense que ele não as comeu.

No domingo, ele decide ir à praia ao lado. Não tinha ainda sentado às mesas dos restaurantes para turistas. Como é domingo, estão ocupadas. E mesmo com o vento fresco que sopra do mar, há gente na água, carrinhos de sorvetes, uma banca de aluguel de caiaques e pranchas. Crianças correm entre as mesas e cadeiras, importunam adultos concentrados em seus telefones.

Ele pede uma bebida ao garçom e escolhe um ensopado de peixe. A bebida chega rápido e, com o estômago vazio e o excesso de açúcar, o álcool logo faz efeito. Sente então o que parece um interesse genuíno pelas pessoas à sua volta. Lembra de uma passagem bíblica e pensa, enfim, ter compreendido o sentido da frase "Deixai vir a mim as criancinhas, porque delas é o reino dos céus". O que sabem as criancinhas, afinal? É isso que parece ensejar a parábola, a ignorância. É esse o efeito que o álcool com açúcar produz nele. Ignorância. E com a ignorância, um certo afeto por aquela gente ao seu redor. Só é possível amar na ignorância, ele pensa. Infelizmente, não pode mais ser ignorante, apenas senil.

O prato de ensopado de peixe chega e ele come o que poderia ter servido duas pessoas. O prazer proporcionado pelo excesso de óleo de palma do cozido, ele pensa, deverá ser pago com uma dose inversa de sofrimento no restante do dia. Já sente o início de uma queimação no estômago. Não devia ter pedido a terceira caipirinha.

Pensa em esfriar o estômago com um picolé e vai até o quiosque ao lado do restaurante, à sombra de uma amendoeira, onde o menino Armandinho conversa com o sorveteiro, um homem que ele pensa já ter visto por ali. É forte, com físico que poderia ser o de um pescador. Mas sua pele tem tatuagens que cobrem todo o corpo, até o pescoço.

O homem pergunta se está gostando da praia, após receber o dinheiro de um picolé. Dinho parece não notar sua presença, enquanto o homem sabe dele mais do que gostaria.

"Não tenho do que reclamar. O senhor mora aqui na vila?"

"Moro, nasci aqui, e vivo aqui todos os dias. Jilis, prazer", e estica a mão.

"Gustavo."

"Eu sei. Prazer, Gustavo. Não tinha visto o senhor por aqui ainda."

"Tenho dado umas caminhadas por aí."

"Ah, sim, claro. Vi o senhor no morro outra noite, não?"

"Espero não ter incomodado."

"Que é isso. Da próxima vez, toque a campainha, homem. Toma um café com a gente. Se eu não estiver, minha mulher está."

"Obrigado, mas não quero atrapalhar." Ele não sabe dizer a intenção do vendedor de picolés com o convite. Terá sido ele que viu na casa do morro atrás da igreja?

"Parece que o tempo vai mudar", ele diz, procurando desviar o assunto.

"Não, não vai não. É só um ventinho", responde Jilis.

"E por que você diz isso?"

"Passei a vida nesse mar. Fui surfista a vida inteira. Ainda sou. Mesmo com essa pança aqui." Ele passa a mão sobre a barriga protuberante e dura, escurecida por um emaranhado de traços de tatuagens antigas. Olha para a frente. "Está vendo a ilha lá no centro da baía?"

"Como não."

"E você consegue enxergar, na ponta esquerda dela, no lado do canal entre a ilha e a península sobre o mar, consegue ver aquele coqueiro alto ali, sozinho, na encosta da ilha? Pois então, esse é o nosso guia. Se o coqueiro estiver com as folhas inclinadas para a direita, o tempo não vai mudar. Se o vento estiver levando as folhas para a esquerda, aí sim, se prepara que vem tormenta."

"E agora, como está?"

"Agora está parado. O vento que você está sentindo

agora é fraquinho, está perto, não chega nem a balançar o coqueiro. Vai por mim."

"E esse coqueiro, ele já estava lá quando você nasceu?"

"Essa é uma boa pergunta. Eu me lembro dele desde sempre. Mas não sei quanto tempo vive um coqueiro. Estou com quarenta e quatro agora. Sei lá, talvez não estivesse. Quando eu era moleque a gente costumava ir de canoa até a ilha. Hoje ninguém mais vai lá."

"Ontem mesmo pensei ter visto movimento de barcos na ilha."

"Bem, nós aqui da vila é que não vamos. Desde que o doutor Maurício comprou a ilha e mandou construir a mansão. O sujeito é rico de doer. Só chega lá de helicóptero. O movimento é dos funcionários que moram aqui na praia e precisam do barco para ir lá. Ele deve estar passando o fim de semana na ilha."

"E o que ele faz para ter tanto dinheiro?"

"É médico. Mas é rico mesmo porque é dono de um plano de saúde. O cara tem até avião particular, iate, você precisa ver. De vez em quando vem um funcionário aqui comprar o almoço para os convidados. Vem um barquinho, leva, sei lá, trinta pratos, sessenta picolés."

"E imagino que todos fiquem contentes, não?"

"Fazer o quê. Pelo menos ele fica por lá e não se intromete muito na vida da vila. Quer dizer, de vez em quando ele se mete, sim. Você estava aqui no réveillon?"

"Cheguei depois."

"Pois então, no réveillon, à meia-noite, ele sempre manda um funcionário desligar as luzes da vila."

"Da ilha?"

"Não, da vila toda. Porque ele faz uma festa lá, todo réveillon, e quer sua ilha no escuro, e não só isso, quer que os convidados dele olhem para a praia aqui toda no escuro. Ele manda instalar fogos de artifício aqui no morro, atrás de nós, e manda apagar as luzes todas da vila e da ilha para soltar os fogos. Ficamos aí uns dez minutos sem luz, todo fim de ano."

"Bem, se todos estão de acordo…"

"E você acha que alguma vez ele perguntou o que a gente acha?"

"Ô Jilis, o que é que você está enchendo aí o cliente", a voz de uma mulher soa dentro da cozinha do restaurante.

"Eita, me deixa que eu tô fazendo um amigo aqui", ele grita de volta. "Essa mulherada não deixa a gente livre um segundo. Vou te contar. Vou te contar, nada! Com a sua idade, você já deve estar calejado disso. Você é que devia me contar. Mulher, filhos? Como é?"

"Quem dera, Jilis, eu tivesse o que falar. Bom, vou deixar você trabalhar em paz. Obrigado pelo sorvete, e pela previsão do tempo."

"Volte mais vezes, Gustavo. Mas tudo bem se não voltar. Passo lá na pousada dia desses pra gente conversar."

O homem deixa o balcão de sorvetes. De pé ele come o picolé, ao lado de Armandinho. O menino está sentado no chão, agora, sobre uma pedra, e olha para o horizonte.

"Acabamos não fazendo aquele colar que você prometeu."

"Acho que agora vai ficar difícil, seu Gustavo. Essa semana eu vou embora. As aulas começam logo mais. Minha mãe chega amanhã pra me buscar." O menino parece melancólico, uma expressão com a qual se identifica.

"Fica para uma próxima então", ele diz, com alívio por não ter que fazer um colar de conchas, não ter que voltar às aulas, não ser um adolescente, e por já não ter um adulto que o leve para onde não quer ir.

À noite, como ele suspeitava, o óleo de palma parece convulsionar em seu intestino. Tem a sensação de que o camarão do ensopado está se expandindo dentro dele, numa bomba de gases que faz com que sua pressão caia e ele quase desmaie. Passa um bom tempo preso no banheiro, ajoelhado no chão, tentando devolver o que comeu no almoço. Depois de forçar a garganta com o dedo, seu aparelho digestivo entra em convulsão e consegue enfim expelir o veneno do almoço.

Acorda após algumas horas, agitado. O quarto está quente e sua pele arde. Olha o relógio, ainda faltam três horas para que o sol nasça. Espalha hidratante pelo corpo, para amenizar a sensação de calor, e, como a pele fica oleosa, não consegue pensar em deitar novamente. Abre a porta do quarto e encontra a pousada quieta e apagada. Só há uma luz fraca que vaza pela arandela junto à janela do corredor. Ele caminha até a recepção, abre as janelas que dão para a baía e, debruçado sobre o parapeito, observa a praia vazia. A luz do poste reflete na areia, mas a claridade é sugada pela mata e pelo oceano. Ao longe ele percebe sinais de uma ou outra casa na encosta. As águas da baía estão mais calmas. Sente o ar úmido em sua pele e decide molhar os pés na água do mar. Fecha as janelas e abre a porta da pousada, procurando não fazer barulho.

Com os pés dentro da água, olhando para o horizonte

escuro, pensa ouvir barulhos na areia. São sons distantes, de música e canto, um violão dedilhado acompanhado por algumas vozes. Olha para onde acha que está o som, mas não enxerga nada. Sai da água e anda na direção da música. Próximo à encosta ele vê um grupo de pessoas em torno de um homem com um violão. Cantam e batem palmas. O grupo segue lentamente pela areia, com os homens dançando em torno do violeiro, que leva seu instrumento próximo ao peito. Assim que avista o grupo, a música para. Mas não parece ter sido visto. Cinquenta passos adiante o grupo vira à direita e entra numa trilha escura no meio da mata. Duas lanternas se acendem. Espera até que o último entre na trilha e então se põe a caminhar novamente.

Ele começa a subir a trilha de terra atrás do grupo. Descalço, anda com dificuldade, procura enxergar onde pisar, e presta atenção no caminho que tomaram. Pode ver a luz das lanternas bem próxima e se aproveita da claridade. O grupo segue cantando e dançando. Às vezes para, buscando recuperar o fôlego, e então as lanternas se movem iluminando uns aos outros, os feixes de luz contra os rostos que oferecem caretas diversas. São jovens, mulheres e homens.

Com a trilha já na metade da encosta, o brilho da lua parece ficar mais intenso, e ele consegue avistar, do alto, a areia da praia refletindo uma luminosidade prateada. Quando olha para o chão, é possível distinguir as sombras das folhas das árvores bloqueando a passagem do luar. Ele pensa ver e não ver o caminho que sobe, como se uma luz estranha o envolvesse. Sabe que o chão está sob seus pés, sente a umidade noturna da terra, o barro enlameado subindo por entre seus dedos, mas o que seus olhos sugerem é outra realidade, como se flutuasse no espaço.

No topo da encosta a trilha é cortada por uma estrada

de terra larga o bastante para o tráfego de carros. Quando chega ali, o grupo se dispersa. Uns tomam a direita, outros a esquerda. Ele está ofegante. Como espera voltar agora, sozinho, no escuro? Aos poucos seu fôlego retorna. A lua ilumina a estrada. Ele então descobre que o caminho não acaba ali. Pensa ouvir o som do violão se afastando por essa continuação da trilha, que agora desce para o outro lado do morro. A trilha nova parece mais iluminada e ele decide, contra qualquer noção razoável, seguir adiante. O máximo que pode acontecer é demorar para voltar. E se uma onça saltar sobre seu pescoço enquanto anda pela mata, ou uma cobra o envenenar, será um fim muito melhor do que qualquer outro que poderá conseguir sozinho. Se escorregar no barro úmido e bater a cabeça numa pedra, tanto melhor. Se esgotar o resto de energia que tem e com isso precipitar o próprio fim, que mal há nisso? Se suas coxas ainda conseguem sustentar seus pés, se seus pulmões ainda permitem que se locomova pelo espaço com alguma margem de negociação, não será a noite nem a razão que o impedirão de prosseguir.

No caminho, ele antevê outra praia no final da descida. É a praia deserta aberta ao oceano, a praia Brava, de que tinha ouvido os outros hóspedes falarem. Nunca viu uma praia deserta. Muito menos à noite. Tem que descer alguns desníveis da trilha sentado. Ele se arrasta por um trecho, sujando de barro a roupa. Aqui e ali acha que se arranha nas pedras e galhos de árvores. Só se dá conta da extensão dos machucados quando alcança o fim da trilha e atravessa um pequeno córrego que a separa do mar. Os cortes nos pés, pernas, braços e mãos ardem na água fria e doce da encosta. Sente uma empolgação inesperada ao experimentar a dor provocada por sua decisão, consciente, mesmo que inconsequente.

Cruza o pequeno córrego que, agora percebe, escorria ao lado dele pela trilha, escondido entre as raízes e folhas mortas, e chega à praia. Longa e vazia. Apenas a luz da lua como iluminação, mas ainda assim ele divisa bem os limites entre a areia, a espuma das ondas que quebram na orla e um corredor denso e escuro de árvores altas. Seus pés afundam na areia macia e ele deixa pegadas na faixa inclinada entre a mata e a água. A noite parece mais quente, agora que está suado e não há brisa, e ele então decide entrar no mar.

Tira as roupas sujas de lama e as deposita ao pé de um pequeno arbusto da restinga. Entra lentamente no mar, onde as ondas são altas e fortes, mas a água é morna como na baía. Molha os calcanhares. Abaixa e colhe um pouco de água com as mãos. Molha os pulsos, a nuca e o pescoço. Levanta e sente as gotas escorrerem sobre o peito suado, a espuma branca se misturando aos pelos brancos e esparsos de seu corpo. Brancos, os pelos e a espuma, pelo acúmulo de tempo e pelo excesso de sal. Ele avança devagar para dentro da água, submergindo os joelhos, a planta dos pés afundando na areia afogada. Uma onda leve molha sua virilha, seus testículos, seu pau, que se encolhe. Um arrepio percorre a coluna e ele alinha o corpo. Pensa em mijar, mas suas entranhas estão contraídas demais para conseguir. Com a água cobrindo a cintura ele vê uma grande onda se aproximar, a crista embranquecida se avolumando para quebrar sobre ele. Aproveita a ameaça e salta, lenta e debilmente, contra a parede lisa de água.

Ele toca o fundo do mar com as mãos abertas. Fecha os dedos contra a areia tentando permanecer ali. Sente o corpo balançar no fluxo do empuxo da onda, que volta e se mistura com outra que se anuncia. Ouve o som da onda quebrando na praia e então o ressoar deslizante de seu recuo, quando o nível da água diminui e expõe suas costas e nádegas ao ar. Ele se ajoelha na areia e levanta a cabeça o suficiente para respirar. A água à altura do pescoço. Ainda de joelhos, um pouco cambaleante, ele se volta para o horizonte escuro e vê a crista branca de outra onda chegando. Vira o corpo para a praia, que já não consegue avistar. Só água branca e negra por todo lado.

E então a superfície do mar passa a reluzir no reflexo da lua. A água é tomada por pequenos pontos brilhantes. Milhares deles. Há plâncton até onde consegue enxergar, revoltos pelas ondas, espelhando a luz do luar. O mar fica prateado.

Da praia ele vê somente as árvores que cobrem a terra e se encastelam morro acima. A lua já começa a descer, permitindo que se revelem mais estrelas no céu. Uma onda o alcança por trás e cobre seu corpo. Ele se deixa levar, carregado pelo mar. Apenas levanta a cabeça vez ou outra, para respirar e contemplar o brilho na água, como se fossem também estrelas, dançando ao seu redor.

Está ali, e em nenhum outro lugar em nenhum outro tempo, cercado de coisas pequenas e muito grandes, embalado pela água morna, sem passado ou futuro. Sente que pode ter atravessado o espaço por minutos, ou mesmo horas. Dias ou anos. Já não pode dizer, ao sair do mar. Por um instante não se sente velho. Caminha pelado pela areia, o pau mole e enrugado. O saco contraído. A pele flácida da barriga, os braços longos e finos, desajeitados ao lado do tronco. Ele ameaça movimentos como os de uma dança na areia. Sua bunda deve estar tão caída quanto o resto do corpo. Mas este é o corpo possível. É um corpo que já não se deixa confundir pelo vigor de um músculo.

2.

O que ele ainda deseja é ser atravessado pelo mundo. Não, não quer atravessar o mundo. Isso ele já fez. E de cada passo que lembra, a memória é de uma carnificina. Traz no corpo as destruições controladas com antiácidos, antitérmicos, anti-inflamatórios. Quer ser purgado de toda destruição. Quer ser atravessado, não como uma punição. Se quisesse ser punido teria ficado onde estava, sozinho em seu apartamento, na cidade, sendo castigado a todo minuto pela campainha, pelo telefone, pela televisão, pelo barulho dos carros, o trânsito, o sinal de pedestre piscando em vermelho, verde, vermelho, a conta do bar onde ele almoçava um pasto colorido, as moças de minissaia no verão, as mulheres de casaco no inverno, as escritas bárbaras dos pichadores em seu prédio, os ruídos da vizinha, as reformas incessantes em todas as esquinas, a secura, a umidade, a árvore que caía, a árvore que crescia, a floração da primavera e a depauperação do resto do ano, a conversa dos taxistas, as enfermeiras do consultório, as enfermeiras que tiravam seu sangue, escaneavam seu saco, lambuzavam seu corpo, o papel áspero dos banheiros, as sirenes das ambulâncias. Quer ser atravessado em êxtase, como um condenado à mutilação em praça pública, com olhos de gozo enquanto a multidão arranca seus braços, suas pernas, perfura seu estômago, enquanto vê suas partes, aquilo que ele chamava de "eu" ser destroçado e servido aos cães que ele chutou em vida.

Mas se quisesse mesmo ser atravessado pelo mundo, deveria ter procurado refúgio entre os pobres e indigentes, ter completado sua fuga indo viver com os moradores de rua, não numa praia turística. Mas ele é um velho, fraco. Quer ser atravessado pelo êxtase do amor, não pela dor. Depois de tudo o que fez ainda pensa haver para si a possibilidade de amar. Quer que o amor o atravesse sem defesa. Que o atravesse no espírito. E para isso não basta abrir o corpo, como ele fez ao longo da vida. O atravessamento espiritual que deseja apenas acontece, ou não acontece.

Ele sabe de histórias de gente que foi atravessada pelo espírito, que de um momento para outro compreendeu o que fazer. O que precisa é libertar-se de tudo o que foi, de tudo o que carrega no corpo, na mente, de todas as ideias, até mesmo dessas. Tem que ser, apenas ser. A maneira de fazer é ser, ele pensa. Mas isso ele não sabe. Não sabe onde esqueceu de ser, não sabe como ser novamente. Para ser atravessado, será preciso colocar-se outra vez no mundo. E com a vinda para a vila, as seduções oferecidas pelo mundo subitamente voltam a interessá-lo.

Sente um ímpeto renovado em seu corpo, um vigor promovido pelas caminhadas nas trilhas, pelas visitas à praia deserta onde ele agora vai com frequência. Pela manhã ele arrisca nadar na baía. Consegue aguentar pouco mais de alguns minutos, mas sente que seu condicionamento físico deu sinais de que pode reagir. A ponto de começar a pensar em outros desafios: nados mais demorados, passeios de caiaque, trilhas mais longas. Pode fazer qualquer coisa e ao mesmo tempo procura aquilo que produzirá algum efeito que reste sobre ele no dia seguinte, como os mergulhos noturnos no mar aberto.

Ou talvez não haja dia seguinte. Como um dia, certamente, não haverá. Por que não encarar as experiências como a uma refeição, que dura alguns minutos, uma hora, e só. Esquecemos delas sem nenhum pudor. Se aquela era a natureza escondida do mundo, por que com ele tinha que ser diferente? Que continuasse a se relacionar com o mundo como o funcionário de um matadouro: se um boi passar na sua frente, abatê-lo com as próprias mãos. Arrancar sua carne. Descartar ossos e vísceras. Era preciso pensar nas coisas em sentido figurado. Em sentido figurado, tudo era possível. Mas, também, nada acontecia.

Os turistas foram embora no fim do verão. Ele saiu do cubículo apodrecido do fundo da pousada e passou a ocupar um bom quarto, com vista para a mata e para o mar. Debruçado sobre o parapeito ele consegue enxergar uma parte da baía com os morros da serra ao fundo.

Com o outono as tardes ficaram mais secas e o céu mais azul. Pela janela ele vê que os urubus tomam a praia no final do dia, com um caminhar lento e desengonçado, o pescoço coberto por pencas de um couro enrugado e esbranquiçado, enquanto se alimentam de restos de peixes e abrem as asas com vigor nas disputas por território.

As pousadas liberaram os funcionários temporários contratados para a alta temporada e as folhas das amendoeiras passaram a se acumular na areia. À noite a maré sobe e arrasta a folhagem e os frutos caídos na praia. Pela manhã uma linha de flora macerada desenha o alcance das ondas ao longo da orla.

Os pescadores, que ele julgava extintos, começaram a aparecer. Com o fim das férias deixaram de trabalhar como carregadores de malas ou na cozinha dos restaurantes e voltaram a pegar suas canoas, a sair ao entardecer e a retornar no início da manhã, com redes brancas e pesadas. Ele descobriu que as canoas ficavam atrás das pousadas, escondidas. E que ali também as casas de alguns pescadores foram erguidas. Com a mudança da economia do vilarejo, eles alugaram os terrenos em frente à praia para a construção das pousadas e se retiraram para os terrenos espremidos junto ao morro.

Ele acompanha o movimento dos pescadores, que saem ao final do dia para lançar as redes na baía e, pela manhã, voltam para buscá-las. Quando chegam à praia, rolam suas canoas coloridas, esculpidas em grandes troncos de árvore, sobre toras maciças de madeira. É um grande achado, engenhoso, ele pensa, que com três ou quatro pessoas se consiga retirar do mar, dessa maneira simples, uma canoa carregada de peixes.

A chegada das canoas é o maior acontecimento da vila fora da temporada, ele percebe. Os outros moradores se aproximam para ver o rendimento da pesca, fazem encomendas, compram um ou outro peixe, crustáceos ou moluscos. Depois, até o fim da manhã, os pescadores abrem os peixes, arrancam suas vísceras e atiram na areia, junto às escamas e nadadeiras. Os pedaços se acumulam na praia, e serão levados embora com a alta da maré. À tarde, os restos não carregados pelo mar atraem novamente os urubus, enquanto os pescadores preparam as redes e as canoas para a volta ao mar. É assim que os dias terminam.

Há apenas uma trilha pela qual ainda não se aventurou, a da ponta da praia, que se estende pela península, contra o oceano aberto. Por alguma razão, associou o caminho à ideia de fim, e por isso o evitava. Revigorado com os exercícios diários, sente ser o momento de enfrentar o que quer que a aventura possa reservar.

Ele espera o sol começar a baixar, por conta do calor, mas mesmo assim seu fôlego falha já nos primeiros metros. Devagar, passa por casas de veraneio de milionários vazias. Uma, duas, três, ocupadas somente por mulheres da vila, atarracadas, vestidas da mesma maneira: camiseta larga, saia longa, cabelos compridos presos com elástico, que passam parte de seus dias cuidando de quartos e salas desertas. Não há muito que fazer. Ali a poeira não se acumula sobre os móveis como nas cidades. Apenas os vidros devem ser limpos toda semana. Cobertos de maresia, uma película espessa de umidade salgada e pegajosa. E alguns cocôs de pássaros que habitam os alpendres.

Ele sobe mais e se afasta das casas grandes. Começa a ver, escondidas entre as palmeiras e samambaiaçus, casas pobres, com o acabamento de cal se rompendo pela repetição exasperante dos ciclos de umidade noturna e calor do sol, os telhados de barro abalroados pelo tempo, e quintais com cães grandes e raivosos. Num desses quintais, galinhas se empoleiram nos galhos baixos de uma figueira mirrada.

Depois a trilha fica mais estreita. Mais suja. Deve ter entrado no caminho errado, ele pensa. Ninguém passa por ali há um tempo. Quanto tempo, ele não sabe dizer. A vegetação tropical é impertinente. Nem sequer todas as pragas do mundo seriam capazes de impedir a floresta de se refazer. Ela é em si a própria praga. E então a trilha o conduz a uma elevação de onde pode ver, ao longe, a praia da pousada em que está hospedado. As pessoas parecem crianças pequenas, com pernas aceleradas e fora de foco. Os sons da orla já não chegam até ele. Nem o som das ondas pequenas da baía quebrando ele consegue ouvir agora. As plantas estão quietas no calor da tarde. A mata parece vacilar entre o desejo das folhas e o cansaço das raízes. O silêncio do mato, que ele sabe não ser bem um silêncio mas seu despreparo para ouvi-lo, parece ecoar seu próprio silêncio, que tampouco é tranquilo. Ele vê o sol baixo se aproximando da serra ao fundo da baía. Tem mais uma ou duas horas de iluminação. Não há luzes na trilha. Não tem nem mesmo um isqueiro para ajudá-lo.

Alguns metros adiante ele vê um arco de concreto abandonado que parece ser uma entrada, uma espécie de portal. Vai apenas olhar o que há ali e voltar, decide. O que encontra são as ruínas de uma casa. As paredes estão de pé, as divisórias que indicam o quarto, a cozinha, o banheiro, e os vãos das janelas. Falta o telhado, faltam as vigas de suporte. Resta ainda o pórtico de entrada, o desejo de uma habitação feliz revelado na inscrição um tanto apagada: "Morada dos Deuses". O que quer que tenha acontecido, ele pensa, foi o bastante até mesmo para os deuses. No lugar deles, samambaias, trepadeiras, musgos, formigas e aranhas têm agora aquelas ruínas como lar. Talvez uma cobra. Um preá. Macacos. Todos perturbados com sua pisada humana, com seu solado de borracha que deve exalar o perfume malcozido da civilização.

Em alguns anos não restarão nem mesmo as ruínas da morada dos deuses. A mata, ele sabe, tem sua própria escala de memória. No fundo do terreno ele repara que a trilha continua, recortando o morro, em direção à ponta da península. Está ficando tarde. O sol já se põe e ele enxerga o caminho com dificuldade. Ainda assim, insiste em andar mais um pouco, ao menos até dobrar a curva do morro que o impede de ver, ali de onde está, até onde a trilha o levará.

O chão está mais úmido naquele trecho. Não choveu nos últimos dois dias. Ou há água escorrendo de algum lugar próximo, um olho-d'água, uma torneira, ou então é um caminho que há muito ninguém usa, com o orvalho e as chuvas sendo guardados do sol e do vento. É como um berçário de coisas que crescem, que podem crescer, à revelia da luz, ele pensa. Fungos e cogumelos coloridos tomam conta da base de uma bananeira. No tronco de um ipê atrofiado ele vê camadas de liquens verdes e azulados com o centro embranquecido. Seu pé direito escorrega quando dá mais um passo. A trilha se mostra mais íngreme do que ele antecipou. Está descendo em direção ao mar novamente, mas muito distante da praia. Adiante ele divisa outro portal, dessa vez formado por teias de aranha. Uma armação branca com camadas ligando as folhas de duas árvores e impedindo a passagem. No centro, uma intrincada construção geométrica de linhas brancas. Ele vê uma aranha grande sobre a teia, as patas dianteiras em movimentos circulares próximas à boca. O corpo da aranha é verde, rajado de marrom. Ele arranca um pedaço de galho da árvore ao lado e destrói o trabalho da aranha. Cuida para que ela se prenda no emaranhado de teia que se forma em torno do galho e atira o conjunto contra a mata densa. Ela saberá se virar, ele pensa. Não morrerá sufocada na própria teia. E continua pela trilha até a curva.

Ele vê outra encosta, mais reservada. Há duas casas, descendo o morro, próximas a uma pequena praia particular. São casas de veraneio, construídas com grandes vigas de madeira e pouca alvenaria. Há luzes acesas numa delas. A trilha que vai até elas é estreita. Deve haver outro caminho para chegar a essas casas, ele pensa. Não é possível que esse seja o único. Se a trilha não é usada, talvez os moradores daquela casa não esperem que alguém chegue por onde ele passa. Pode, portanto, se aproximar um pouco mais sem que seja percebido.

Anda mais um tanto. Desce a trilha até ficar à altura do segundo andar de uma das casas. Há um homem na praia. Entra e sai do que parece ser uma garagem de barcos, construída num canto. É um funcionário, ele pensa. Caminha com a cabeça voltada para baixo. Sua atenção está no trabalho que faz, e que ele não consegue descobrir, dali de onde está. Entra e sai da garagem. Leva algo até o mar, limpa as mãos na água, com as canelas submersas, e então volta para a garagem. Se fosse o dono da casa seu olhar desviaria em algum momento para o alto. E talvez pronunciasse algo para o outro morador, para sua companhia que estaria lá dentro, lá onde o quarto tem as luzes acesas.

Ele percebe que a trilha desce e logo adiante sobe, até se aproximar da casa, chegando mais perto do segundo andar, de onde ele poderia ver quem está no quarto iluminado. O sol já se pôs, mas ainda há alguma luz no céu. Se for rápido, pode olhar por um instante para o interior da casa e voltar antes de escurecer. É o que faz.

No caminho, porém, ele pisa num galho e escorrega. Cai sentado e ao tentar se apoiar acaba cortando a palma da mão numa pedra. O corte não é fundo, mas mesmo assim um pouco de sangue se desperdiça e gruda nos fungos da trilha. Se seu sangue está na pedra, um tanto do fungo deve estar nele também. É outra possibilidade de morte, ele pensa, a morte pelo sufocamento, suas células cobertas pelo fungo, o bolor crescendo por dentro. Ele levanta e anda um pouco mais. A palma da mão pulsa. Ele limpa o corte com a camisa. O pé também ficou machucado. Quando chega próximo à casa, encontra um ponto atrás de uma árvore desde onde pode olhar para dentro do quarto e, imagina, não poderá ser visto.

Um homem está sentado na beirada de uma cama, com o torso nu, olhando o mar pela janela. De onde ele está pode ver tanto o homem na cama como o funcionário que segue seu trabalho na praia, alguns metros abaixo. Da cama, ele calcula, o homem não enxerga o funcionário.

Então algo chama a atenção do homem, que vira para trás e levanta. Ele está todo nu. Deve ter cinquenta anos, ou mais. Os pelos do peito são brancos. É careca, mas não pode dizer se raspa os cabelos ou se já os perdeu. O homem caminha para fora de seu campo de visão. Ele espera por sua volta, quando outro homem aparece. Esse é mais novo. Tem os cabelos longos e encaracolados. Veste uma sunga colorida e parece estar com o corpo molhado. Não é o funcionário, que continua o seu trabalho. Mas se aquele outro homem estava na praia, ele não o viu. Se não o viu é porque não pode, de onde está, ver tudo. E se não vê tudo, é possível que alguém também o esteja observando sem que ele perceba.

Reage procurando cobrir seu corpo com o tronco da árvore em que está encostado. Quando olha de novo para o quarto, o homem mais velho está deitado de costas na beira da cama e o mais novo na sua frente. A sunga desapareceu e ele faz movimentos repetitivos com o braço esquerdo, parece estar se masturbando. Ele não consegue ver o que o jovem tem nas mãos, nem a sua expressão. O velho então estica os braços e puxa o jovem para si. Ele vê o beijo dos dois e o velho apoiando os dois pés na ponta da cama. O jovem ergue o tronco e, com os braços fincados no colchão, repete os mesmos movimentos, agora contra o corpo do velho.

Ele é mais velho que o velho, que agora geme alto. Ele é um ancião perto do jovem, que gesticula no que parece ser uma encenação de dominação. Não consegue escutar a conversa. O velho vira de bruços e deita sobre um travesseiro, empinando o corpo para o jovem, que volta a repetir os movimentos de estocada contra o corpo do velho e, agora sim, xinga o velho. Entre um grito e outro, o jovem dá tapas no velho e depois bate nele com o punho fechado. Os golpes parecem ser fortes. O corpo do velho treme a cada batida, a pele e os músculos das coxas balançam.

Ele se volta para o funcionário na praia. Não é possível que não esteja escutando os sons que vêm do quarto. Se ele, que está um pouco mais longe, os escuta, o funcionário deve ouvir ainda melhor. Mas o funcionário segue seu trabalho, olhando apenas para aquilo que está diante dele.

O jovem então cansa e num movimento brusco afasta o corpo do velho. O velho se ajoelha na cama, jogando o corpo para trás, em direção ao jovem, que com um empurrão joga o velho na cama. O jovem anda pelo quarto e desaparece da vista. O velho permanece deitado, de lado.

Ele vê dois urubus pousarem sobre o telhado terracota da casa. E é só quando o barulho do quarto se interrompe que o funcionário levanta o rosto, pela primeira vez. Faz um movimento rápido com a cabeça em direção à varanda e, antes de o funcionário tornar a se concentrar no trabalho, seus olhos se cruzam com os dele.

Mancando um pouco, ele sobe a trilha de volta à pousada. Sente que os olhos do funcionário estão sobre ele, mas não vira o rosto.

Está cansado de subir e descer morros por trilhas, ele pensa, quando avista enfim a praia. Talvez só esteja incomodado de ver outras pessoas fazendo sexo, de ser obrigado a constatar que é isso afinal que as pessoas vivas fazem. Que no fim de cada trilha haverá sempre pessoas fazendo sexo. Mas não ele, que não está mais em trilha alguma. Há quanto tempo não faz isso? Há tempo suficiente para ter deixado de pensar no tempo como uma variável razoável para a questão. A doença tirou dele a possibilidade de se enganar. Já não controla essa parte do corpo. Às vezes acorda com uma ereção involuntária, que não é resultado do desejo nem se conforma em desejo. É somente uma resposta fisiológica, como se algo estufasse seu corpo com um bastão e depois se desfizesse em líquido. Como pode pensar em se apresentar sem roupa diante de quem quer que seja? Não é falta de vontade o que ele tem. Apenas essa vontade não passa por ali, não é capaz de enrijecer essa parte de seu corpo, de se fazer ejacular por ali, e acaba sempre por turvar o sangue em frustração, no cérebro, no peito, na garganta.

Ele volta para a pousada já contando com a iluminação pública. A alguns metros uma pilha de folhas de amendoeira queima próximo a um resto de salsa que cresce misturado à grama. A fumaça sobe lentamente e parece estacionar à meia altura, acumulando-se como uma nuvem diáfana que se dissipa em faixas isoladas. Não há vento.

Nos dias seguintes ele tenta manter o ritmo de caminhadas e nados, mas aos poucos sua disposição vai esmorecendo e as práticas se espaçam. Algumas semanas depois, decide voltar à praia Brava, onde pode se banhar nu, na madrugada, e quem sabe recuperar a energia. Nessa noite, ao sair da água e procurar pelo arbusto onde escondeu suas roupas, parece não reconhecer mais o lugar. Com a lua nova, as árvores promovem uma sombra ainda mais densa sobre a restinga. Duas vezes ele caminha por toda a praia e não encontra suas roupas. Talvez a maré as tenha levado. Talvez algum animal. A energia que sentiu mais uma vez ao sair do mar, se esvai rapidamente.

E então é atacado por uma sensação de vergonha. Como voltará à pousada sem as roupas? Senta na areia, procura se acalmar. Um sopro repentino de ar frio o atinge vindo da trilha que ele tinha atravessado pouco antes. Talvez devesse retornar enquanto ainda é noite, ele pensa. Talvez ninguém o encontre pelado caminhando pela vila. Com sorte.

Decide ir para a trilha. Quando dá a volta na grande rocha, na entrada por onde passou, ele percebe uma luz acesa em meio à mata escura, ao pé do morro. Por sobre o acúmulo de folhas secas de amendoeiras e galhos que estalam sob seus pés, ele caminha em direção a uma casa pequena e simples, de alvenaria. A luz acesa vem da varanda. Uma luz fraca e laranja que ilumina muito pouco do entorno. Há também outra luz acesa, dentro da casa. Ele para e observa. Não há movimento. Atrás deve ficar a lavanderia e, possivelmente, o varal. Tem que circular a varanda sem ser visto, roubar alguma peça de roupa e fugir.

Nesse momento um cachorro aparece na varanda. É um dálmata grande, já com alguma idade. Tem o olhar pesado. Um cachorro cansado, mas ainda um cachorro. Ele para e espera que o cachorro desista e volte para dentro da casa. Então percebe os olhos do dálmata olhando para ele. Dá um passo para trás, para dentro da escuridão. O cachorro senta sobre as patas traseiras, ainda o observando. Ele dá mais um passo, e mais um galho se rompe. O cachorro late.

O latido ecoa pela mata como se a clareira aberta ao redor da casa fosse uma caixa acústica. Se houver mais alguém naquela praia, será acordado pelo barulho. A porta da varanda se abre antes disso.

"Que foi, Cami?" Ele ouve a voz de uma mulher.

O dálmata agora começa a latir e a olhar para ele com mais confiança.

"Quem está aí, Cami? Tem alguém aí?" A mulher grita para a escuridão, na direção apontada pelo cachorro, que entre um latido e outro se põe a rosnar. A voz da mulher parece familiar.

"Me desculpe, senhora, eu não queria assustar, é que, bem, desculpe." O que pode falar sem tornar sua situação ainda mais embaraçosa? "Eu só queria saber se a senhora tem, por acaso", ele hesita, "uma lanterna para emprestar."

Não poderia ter soado mais estúpido. Um estranho na noite pedindo uma lanterna, numa praia deserta.

"Quem é? O que está fazendo aqui? Quieta, Cami! Como chegou aqui?"

"Me desculpe. Eu sei que é estranho, mas eu posso explicar." Ele poderia. Mas se pudesse apenas ter a lanterna e encontrar suas roupas, seria muito melhor.

"Só preciso da lanterna por alguns minutos. Eu perdi uma coisa na praia e não consigo achar. Está muito escuro lá agora. Prometo que devolvo logo." Ele dá mais um passo em direção à casa, mas ainda dentro da sombra da noite.

"Eu não te conheço. Cami não te conhece. Não vou fazer isso antes de você me explicar o que está acontecendo." A mulher recua e para sob a luz da varanda.

Ele imagina reconhecê-la.

"Bianca, é você?"

"Gustavo?"

Ele respira aliviado. Está salvo. No entanto, continua pelado.

"Estou ainda mais envergonhado agora. Eu vim à praia para um mergulho. Tirei minhas roupas e deixei atrás do arbusto onde sempre deixo, mas não consigo encontrá-las. Por isso preciso da lanterna."

"Ah, não, que azar. Vou pegar a lanterna, um segundo. Mas por que você está nessa praia, a essa hora?"

Ela volta trazendo a lanterna.

"Vou deixar na varanda e entrar com a Cami. Quando você encontrar as roupas, volte aqui."

***

"Gustavo, é você?" A cachorra late novamente para a escuridão. Ele ainda está pelado. A lanterna desligada. Procurou pelas roupas na praia, mas não encontrou.

"Pobre", ela diz. "Escuta, vou tentar improvisar alguma coisa. Não se preocupe. Espera um pouco. Devo ter uma roupa aqui que caiba em você."

"Pode ser qualquer coisa, um lençol, uma toalha de mesa", ele grita quando ela já está na casa.

O frio começa a entrar em seu corpo. Ele treme. De repente as folhas caídas no chão em meio a galhos e raízes passam a incomodar. Sente sede. Seu corpo está salgado e tenso.

Bianca aparece na varanda com algo nas mãos. Não muito. Uma toalha de praia verde-escura e uma camiseta branca. Deixa as peças na mureta e torna a entrar na casa com a cachorra. "Pode vir quando estiver pronto, Gustavo." Ele se aproxima e logo está no alcance da luz. Seu corpo pelado, que há pouco parecia não ter idade, volta a ser o corpo de um velho. Veste a camiseta, que é pequena e apenas cobre parte de sua barriga. Enrola a toalha na cintura após enxugar os cabelos e tirar a areia das pernas. Ele bate à porta e entra.

Bianca está sentada numa pequena poltrona ao lado de um abajur. A cachorra, ao seu lado, não se mexe quando ele aparece. Começa a se desculpar. Ela corta a conversa. "Cami, este é o senhor Gustavo. Trate ele bem", diz. "Não se preocupe. Logo se acostuma com você. Ela mora aqui e não costumamos receber visitas."

Ela oferece uma cadeira junto a uma pequena mesa quadrada com tampo de fórmica rosa.

"Tem mais uma coisa que eu preciso dizer, Bianca. As últimas desculpas."

"O que é?"

"Eu quebrei a lanterna."

No caminho de volta, ele caiu num buraco entre as raízes das árvores. A lanterna escapou de suas mãos e ele ouviu o estampido da lâmpada estourando. Ele chacoalha a lanterna. Os cacos de vidro do bulbo ecoam dentro do cone de metal e da capa de acrílico. "Tenho outras aqui. Sem problema."

"Tira a camiseta de novo", ela diz. Ele não sente, mas há um corte no seu ombro direito. O sangue mancha o tecido. "Não é nada grave. Um pouco de água e sabão é suficiente." Ela lava a ferida e seca com uma toalha de rosto. O sangue torna a brotar lentamente. Ela vai até a cozinha e volta com um punhado de sal, que despeja sobre o corte. "Pronto, logo vai parar."

"Tenta relaxar, Gustavo", ela continua. "Vou trazer um chá pra você. Pode passar a noite aqui. Amanhã você volta para a pousada. E procura suas roupas na luz do dia."

"Obrigado. Não queria dar trabalho. Não sei o que seria de mim se não tivesse encontrado a sua casa. Teria voltado sem roupa. Iam me expulsar da vila."

"Imagina. A praia é tranquila, mas tem também suas histórias. Tem sempre um escândalo aqui e ali", ela ri.

"Mas, de verdade, eu não quero dar trabalho. Se você me arrumar uma almofada, qualquer coisa, durmo aqui no chão da sala e logo pela manhã desapareço, sem incomodar."

Já passa das duas horas, ele vê no relógio da cozinha.

"Não seja bobo. Fique aqui. Tenho um colchão sobrando no quarto. Você dorme, tomamos café e voltamos juntos para a pousada. Mas antes vamos tentar achar suas roupas."

O sol bate na janela da sala. A casa onde está, só agora consegue ver melhor, não parece ser habitada. Quase não há móveis na sala, apenas a poltrona e a mesa com duas cadeiras que ele já tinha visto na noite anterior. Não há quadros nas paredes, brancas mas encardidas. A cozinha, ele enxerga desde onde está deitado, um colchão fino e estreito, encostado contra a parede. Os móveis são simples e velhos. Um conjunto de pia e armário de metal, as portas pintadas de um amarelo desbotado e com marcas de ferrugem. Há um fogão de duas bocas na bancada de alumínio junto à pia, uma mangueira transparente com linhas amarelas que sai do fogão e atravessa a parede até o que ele imagina ser um botijão de gás, no lado de fora. Não vê a geladeira, mas ouve o barulho cada vez que o motor é acionado, o que faz com que a caixa metálica trema e produza o ruído de recipientes de vidro batendo contra as grades em seu interior. Além do banheiro, que ele usou antes de se deitar, só há mais uma porta naquela casa, atrás da qual está Bianca.

Ele ouve sons vindo do quarto. Depois silêncio. Sua atenção se desvia para o barulho das ondas. A porta do quarto é aberta, a do banheiro é aberta e logo fechada. Ele se arrepende de não ter usado o banheiro antes de Bianca. Deve estar com uma cara horrível, ele pensa. Logo em seguida, os mesmos sons, até que a porta do quarto também é fechada. Ele se levanta com alguma dificuldade, apoia uma das mãos espalmada na parede, a outra no chão gelado, e se arrasta, o lençol enrolado na cintura, até o banheiro.

O chuveiro elétrico deixa escapar jatos finos de água gelada para os lados, molhando o chão e a privada. Procura o sabonete, mas só há um, sobre a pia. Ele toma banho rapidamente e enxuga o corpo com a toalha verde cedida por Bianca. As feridas ardem sob a água. Tenta arrumar o cabelo no espelho retangular, pouco maior que seu rosto, com manchas de ferrugem nas quinas. Abre a porta do armário de plástico, atrás do espelho, e só encontra uma escova e uma pasta de dentes.

Sua imagem assusta menos do que ele esperava. Talvez o banho frio tenha devolvido alguma cor ao rosto. Enrola a toalha no corpo. Está de bom humor, ao menos isso.

Quando sai do banheiro, vê que a porta da sala, por onde entra a brisa úmida e gelada da manhã, está aberta. Nem Bianca nem a cachorra estão ali. Ele põe a cabeça para fora da porta, com cautela. Não quer ser visto por ninguém. Mas não há ninguém. Apenas o terreno que ele conheceu na sombra, agora iluminado no dia. E é outro terreno, transformado pela luz. A casa fica mais afastada da praia do que ele imaginou. O trajeto entre uma e outra não é todo ele coberto de folhas secas, galhos e raízes. Há longos trechos de areia batida, há trilhas e caminhos por onde se pode andar sem tropeçar. Também a vegetação da restinga, que parecia densa e alta, agora se mostra rala, com amendoeiras não muito crescidas, no limite entre a praia e a mata. No fundo do terreno ele vê mais duas casas, iguais àquela, mas estão longe, a dezenas de metros. Se surpreende por nunca ter percebido nada disso nas suas visitas noturnas à praia. Não há movimento nas outras casas, não há movimento na praia. Ele consegue enxergar panelas vazias, baldes de metal e roupas penduradas no varal de uma das casas. E também pranchas de surfe, e caiaques largados no chão, embaixo de uma figueira que parece estar ali há muito mais tempo do que as demais árvores.

Ele sai para a varanda, circunda a casa procurando por Bianca. Retorna à varanda e senta numa mureta de alvenaria onde o sol incide. Então pensa que ela deve esperar que vá sozinho para a pousada, para não chegar em sua companhia. Não tem mais o que fazer ali. Procura papel e caneta para deixar um bilhete educado, mas não encontra nada naquela casa.

Ele levanta o colchão onde dormiu e o deixa de pé contra a parede nua da sala. Fecha a porta quando sai. Anda até a praia mais uma vez, atrás de suas roupas. Uma última tentativa. Também a praia parece ser outra durante o dia. E o mar, muito mais bravo do que ele pensou ser. Estava sendo imprudente ao nadar à noite, sozinho, ali. Vinha sendo imprudente em caminhar até aquela praia. Foi imprudente ter ido parar naquela vila. Foi imprudente ter fugido. Não consegue decidir se volta mesmo para a pousada apenas com aquela toalha ou se busca outra solução.

Ele avista o fim da praia, vê o córrego que deságua no mar e a trilha por onde deve voltar. Está a pouco mais de uma dezena de metros dele. O sol já está forte, a essa hora da manhã, desse lado do morro. Do outro lado, a pousada e a praia ainda estarão na sombra. Levará mais duas horas até que a Terra se desloque o suficiente para que os raios de luz possam bater lá. Se andar depressa, pode chegar antes de os turistas começarem a ocupar a praia. Mas andar depressa não tem sido uma opção. Deve ficar feliz se conseguir completar o percurso depois da noite que teve, depois de dormir praticamente no chão, e com o estômago vazio.

Recomeça a andar, mas é derrubado por um peso lançado contra suas costas. Por sorte a areia é macia, o que amortece a queda. Mesmo assim, leva alguns segundos para entender. Foi a cachorra que saltou sobre ele. Está com o focinho colado em seu rosto. Ele apoia o peso nos braços e senta de lado, emaranhado na toalha. O rabo da dálmata balançando. Ele passa a mão na cabeça do animal e então vê Bianca caminhando ao longe pela orla, acenando.

"Olhe o que Cami encontrou", ela grita.

São as roupas dele, enfim. Estavam mais para dentro, no mato, arrastadas por algum bicho enquanto ele estava no mar, decerto. Está salvo.

"Venha, vamos tomar o café da manhã, você deve estar com fome. Eu estou faminta."

"Então é aqui que você mora", ele diz, enquanto ela ferve água para o café.

"Não, não, claro que não. Venho aqui às vezes, quando preciso ficar sozinha. Mas moro em outra casa, no alto do morro. Aqui quase nunca aparece ninguém. Essa praia é uma reserva ecológica, não se pode construir nada aqui. Tenho só dois vizinhos na praia toda, o seu Antônio e o seu Luís. Os dois são mais velhos do que a gente, eram pescadores. Sempre foram. Acho que nasceram aqui. Por isso só tem as casas deles nessa praia. Como são caiçaras, não derrubaram suas casas. Mesmo porque não se acostumam com a vila, é muita gente pra eles."

"Não consigo imaginar como fazem para viver aqui."

"Têm filhos, os dois. E tem sempre alguém da vila passando. Mas eles nunca precisam de nada. Cada um na sua casa. Têm suas tevezinhas. Ficam por aí. Comem, dormem. O seu Antônio ainda faz uns cestos de palha. Mas o seu Luís não faz mais nada. E tem os surfistas que vêm aqui todo dia. Às vezes um ou outro pede para alugar um quarto e deixa um dinheiro para eles, além da pensão que recebem do governo. Parecem estar bem assim. Nunca ouvi nenhum deles reclamar."

"Mas e você, por que veio parar aqui?"

"Acho que eu sou um pouco como eles. Também não me acostumo com a vila. Preciso fugir um pouco de vez em quando. Essa casinha era do filho do seu Antônio. Soube que ele queria vender, ir embora, e me ofereci para ficar com ela. Aqui tudo é posse, não tem escritura, as coisas são apalavradas, e ninguém gosta de vender a casa pra gente de fora. Veja o que aconteceu com a vila. Mas essa praia Brava, essa não, essa ainda se salva, porque a fiscalização é rigorosa."

"Quando você quer descansar da pousada, então é para cá que vem?"

"Venho pouco", ela ri. "Fico mais na outra casa, que é pegando a estrada no alto do morro, para o fim da península."

"Mas você é uma grande proprietária de terras, então. A pousada parece frutificar bastante."

"Dá para colher um capim no verão. E só. A casa onde vivo é herança de meu pai, que veio para cá há muito tempo. Eu era uma criança. Ele construiu a casa. O resto veio depois, mas não com o dinheiro daqui", ela diz, enquanto abre a porta do armário sobre a pia e retira dali uma garrafa térmica de plástico vermelho desbotado e com manchas escuras em torno do bocal. Coloca o porta-filtro sobre a garrafa, ajeita o papel do coador e despeja três colheres cheias de pó de café no fundo do cone. Com um pano de prato segura o cabo da panela onde a água ferve. Com a outra mão desliga o gás do fogão e ele vê as bolhas de fervura se acalmarem. Ela entorna parte da água sobre o café, até preencher o cone. Joga o restante da água na pia de metal, que se distende produzindo um estalo sonoro.

"Trabalhei minha vida toda longe daqui. Só voltei depois que me aposentei."

"E com que você ganhou a vida?"

"Agronomia. Trabalhei em muita fazenda do interior."

"Eu me formei em engenharia. Mas trabalhei com administração a vida toda. Não suporto mais pensar em números, cálculos, planilhas."

"Já eu tenho saudades daquela época, de viver na fazenda. Acho que é por isso que gosto desta casinha."

Ela tira um embrulho de papel da geladeira e a manteigueira de plástico.

"Temos ovos, se quiser um ovo mexido, Gustavo."

"Obrigado, mas não gosto de ovos pela manhã."

Ele senta à mesa com Bianca, vestido agora com as próprias roupas. Há vestígios de terra no tecido da bermuda e um furo na manga da camiseta.

"Você não acha que eu me arrisquei vindo para cá à noite? Tenho vindo há algum tempo já. Mas nunca tinha me acontecido nada. Que animal é esse que deve ter levado minhas roupas?"

"Deve ter sido um saruê. Mas você ter vindo à noite, sem lanterna, foi bastante arrojado."

"Acha que mereço uma reprimenda?"

"Ora, você está aqui, de pé. Tem até uma cor mais viva no rosto. Está muito melhor do que quando chegou à pousada. Talvez deva continuar a fazer isso. Só precisa de uma lanterna!"

"Bem, depois desse incidente, talvez demore um pouco para vir. Mas se você precisar de companhia, será um prazer."

"Venha quando quiser. Eu raramente venho. Tenho que voltar para casa. Essa noite eu consegui que alguém ficasse por lá no meu lugar. Mas a porta fica sempre aberta. Fique à vontade. Será bom ter mais alguém ocupando a casa."

"Se for para ficar sozinho aqui, posso ficar sozinho no meu quarto. Me diga quando estiver aqui e eu venho."

"Veremos. Não é sempre que consigo alguém para cuidar do meu marido."

"Me desculpe. Não quis ser inconveniente."

"Você não está sendo inconveniente."

"Não sabia que você é casada."

"Isso não é um problema. Olhe, preciso ir daqui a pouco, ajudar no café da pousada. Mas você pode ficar aqui o quanto quiser."

Ele a vê caminhar até a cozinha e deixar a xícara de café e o prato dentro da pia.

"Sobre o meu marido", com a mão na maçaneta da porta do quarto ela para um instante, "essa noite fez cinco anos que ele não sai da cama. Parkinson, agora já muito avançado. Às vezes preciso vir pra cá, ficar sozinha, me refazer um pouco. Você deve imaginar."

3.

Heitor está deitado numa cama hospitalar, num quarto no andar de cima da casa, ligado ao ventilador mecânico, que força a entrada de ar em seus pulmões e simula uma respiração natural. A doença atingiu o diafragma, que deixou de se contrair e distender. O coração continua batendo, indiferente, e faz circular o oxigênio até as células de seu corpo. Uma cânula transparente atravessa a traqueia de Heitor. Ele não consegue engolir alimentos, nem mesmo os líquidos. Uma sonda gástrica entra por uma narina e segue até o estômago, onde goteja um alimento marrom-claro e pastoso. Estômago, intestinos, rins e bexiga ainda funcionam. É preciso trocar a fralda uma ou duas vezes por dia. E ao menos uma vez fazer a limpeza que a enfermeira chama de banho.

Heitor apenas abre e fecha as pálpebras. São movimentos involuntários, diz a enfermeira. É necessário levantar o encosto da cama e parar na sua frente, ficar em seu campo de visão, para que se tenha alguma sensação de contato visual.

"Precisa ter um pouco de paciência. Ele está lúcido. Dá para entender o que quer", diz Bianca. "A expressão do olhar muda quando falo com ele."

A enfermeira começa o procedimento de limpeza de Heitor, e Bianca o convida a deixar o quarto. Enquanto descem as escadas para a sala de estar, ele imagina Heitor nu na cama hospitalar, o corpo flácido marcado de escaras, a pele esfolada pelo peso das articulações sobre o colchão. A enfermeira então aparecerá com gazes umedecidas para a limpeza da pele em estado de pré-decomposição. É assim que deve tomar banho. Porque, ele imagina, a enfermeira não pode forçar a gaze sobre a pele de Heitor sob o risco de esfolá-lo vivo. Ele imagina a enfermeira abrindo o prepúcio de Heitor, esfregando com a gaze a cabeça de seu pinto mole e enrugado. Pontos brancos de sujeira fermentada se acumulando em torno da glande. Bactérias que se aninham no calor e na escuridão do pau não circuncidado. Por mais que a enfermeira tente tirá-las, algumas resistem e se multiplicarão até o momento do próximo banho. O pinto mole. Ele agora imagina a limpeza da virilha e do ânus de Heitor. As assaduras em torno do saco e nas pregas do ânus. A sujeira, contudo, deve ser simples de limpar. A urina enche uma bolsa plástica pregada à cama. E ele só evacua fezes líquidas, que se prendem aos tecidos absorventes da fralda geriátrica. A enfermeira passará uma camada espessa de pomada contra assaduras em toda a área e voltará a cobri-lo com a fralda. Somente os cabelos receberão um pouco de água na limpeza. E por mais preparada que seja a enfermeira, a tarefa de lavar o couro cabeludo do paciente deve ser espalhafatosa, ele pensa. Fluidos vão se acumular no chão do quarto, que precisará ser depois desinfetado com amônia, o cheiro misturado aos odores persistentes de urina e excremento. Depois a enfermeira vai virar o corpo roliço e inchado de Heitor para vestir uma manga do pijama. Ajeitará o resto da camisa às costas do paciente, dará a volta na cama e, do outro lado, tornará a virar Heitor, alcançando o pijama e enfiando o outro braço inerte na manga. Com nova roupa, os cabelos, lisos e grisalhos, limpos, penteados e perfumados novamente, Heitor parecerá mais corado. A movimentação do banho fará aumentar a temperatura de seu corpo. As bochechas ficarão rosadas. A enfermeira vai completar a limpeza inclinando o encosto da cama hospitalar e introduzindo uma sonda de aspiração para retirar o muco e as secreções armazenadas na traqueia de Heitor. O som da sucção potente realizada por meio de um minúsculo tubo maleável atravessa a porta fechada do quarto, desce as escadas e chega até a sala, onde ele sente um arrepio. Só então Heitor será deixado em paz, com seus olhos abertos e letárgicos, a alimentação restabelecida através da sonda gástrica.

Ele está sentado à mesa da sala enquanto Bianca passa um café na cozinha. Levou meses até que ela o convidasse para sua casa, até que conhecesse seu marido. Nas visitas que faz a Bianca, agora, ele sente que o som do ventilador mecânico sugando e expelindo ar para dentro daquele corpo na cama é como um pêndulo a organizar o ritmo da casa. Ele imagina perceber os movimentos de Bianca sintonizados com o vaivém da bomba mecânica. Um ruído perene, a se sobrepor ao barulho do mar. O equipamento, ele pensa, deve estar ligado a um aparelho que faz o nivelamento da corrente elétrica que chega até o vilarejo, e a uma bateria reserva, para ser acionada numa emergência. Sem energia elétrica, o corpo de Heitor não sobreviveria nem um minuto. É preciso que a energia chegue até ali por meio dos cabos de tensão pendurados aos postes de madeira carcomidos pela umidade ao longo da estrada que desemboca na praia. Esses cabos, por sua vez, estão ligados a outros, que se estendem até a central de energia elétrica da cidade próxima e dali se conectam às linhas de transmissão que atravessam a serra do Mar, e então o estado, e outro estado, até as turbinas de captação de energia submersas na barragem da hidrelétrica. Se o rio, por algum motivo, secar, ele morre. Se algum fio se partir, um resistor quebrar, qualquer coisa acontecer entre a hidrelétrica e a praia, ele morre. A menos que a bateria seja acionada. Por quanto tempo a bateria aguentaria? Uma hora, cinco horas? Apesar disso, há cinco anos Heitor está ali. Vivo.

Pela manhã os pescadores voltam do mar e arrastam suas canoas pela areia. Os peixes que trazem são no geral pequenos, para subsistência das famílias. Ele examina as canoas quando chegam. Fica na expectativa de conseguir comprar um bom vermelho, um polvo graúdo, quem sabe até um cação. Quer dar de presente para Bianca, ele pensa.

Com a chegada do frio, restam agora poucas opções para se distrair. Como Bianca não tem mais trabalhos a fazer na pousada, e os cuidados com Heitor estão organizados, eles passam boa parte do tempo juntos. Sua rotina é simples. Acorda com o despertar do dia, toma um café leve que a única funcionária ainda ativa na pousada prepara para ele, depois sai para caminhar na praia e espera pelo retorno dos pescadores. Volta para a pousada, guarda na geladeira da cozinha o que conseguiu comprar, toma um banho, veste um conjunto de roupas limpas, que a mesma funcionária da pousada se encarrega de lavar e passar uma vez por semana.

Sua barba agora está crescida e com isso ele tem um trabalho a menos. Utiliza a lâmina de barbear apenas para tirar pelos desordenados que insistem em crescer desgarrados do restante do conjunto de pelos brancos. Com a pinça procura pelos indesejados nas orelhas e nas narinas. Escova os cabelos e, antes de sair, passa desodorante e uma colônia de cheiro doce à qual se acostumou naqueles meses na praia. Tem receio de que sua condição física implique odores desagradáveis. Pega o embrulho na geladeira, sobe a trilha no morro e anda até a casa de Bianca.

Da estrada, a casa parece simples. Há apenas uma parede alta e branca manchada pela umidade, com uma porta de madeira no centro. A porta está destrancada quando chega. Ele desce os cinco degraus que ligam a entrada à sala, e as paredes laterais se transformam em grandes superfícies de vidro preso a batentes de madeira rústica. Do seu lado esquerdo há uma mesa de jantar, também de vidro, com um vaso de flores no centro, e seis cadeiras de madeira. Do seu lado direito, a escada que dá nos quartos. A sala de estar, outro lance de degraus mais abaixo, tem dois sofás espaçosos de couro marrom, uma mesa de centro com enfeites de madeira em frente a uma lareira de metal. A sala se abre em portas também de vidro para uma varanda, outros cinco degraus abaixo, suspensa num deque de ripas de madeira sobre a encosta íngreme.

A casa é aconchegante, com a luz da baía acolhida pelos tons diversos de madeira espalhados pelos ambientes. Os sofás de couro emprestam uma sensação de limpeza à sala. Do alto da entrada ele sente como se a construção se projetasse para dentro da baía, ou talvez o contrário, como se sequestrasse a baía para dentro de si. De todas as trilhas que percorreu desde sua chegada, essa é a que oferece a melhor vista.

É aí que passa as tardes. Às vezes sozinho, quando Bianca tem de cuidar de Heitor, às vezes sentado no sofá, conversando, ajudando Bianca nos pequenos afazeres do dia a dia, ou apenas cochilando. Eles almoçam juntos. Ele lava a louça. Depois se sentam para um café, e há sempre uma fatia de bolo disponível.

Aos poucos ele fica íntimo da casa. Já perambula pelos dois andares, entra no quarto de Heitor sem cerimônia, e Bianca também não parece ter receio de pedir ajuda para mudar a posição de Heitor, ou segurar a cabeça ou as pernas dele quando a enfermeira, ou mesmo ela, precisa trocar a roupa de cama molhada de suor.

Ele conhece o restante da casa, a horta cultivada abaixo do deque, o pé de maracujá que sobe trepado a um pilar e se espraia no friso da varanda, o pomar que cobre o terreno em declive, com mamoeiro, pitangueira, pé de limão, os dois coqueiros, abacateiro e mangueira. Mesmo grandes, as árvores não prejudicam a vista da baía que se tem da varanda.

Às vezes Bianca sugere uma caminhada, no final da tarde, pela estrada no alto do morro que separa as duas praias. Nos passeios, ele recusa a oportunidade de contar a ela quem é, de onde vem, o que faz ali. Se aproveita da delicadeza dela, que segue sem fazer perguntas sobre ele. Ela então intercala, no silêncio, histórias de sua infância na praia, as histórias de seus pais mas também as dos pais e avós dos pescadores.

Bianca conta que há cem anos, na Festa do Divino, dia do Espírito Santo, apareceu na vila um rapaz perdido, vindo numa canoa de madeira. Até hoje não se sabe quem era. Mas o que dizem é que depois disso a comunidade viveu seu melhor tempo, com peixes em abundância, as roças cheias de mandioca, muito palmito maduro no mato, como nunca antes, e todos reformaram suas casas, fizeram novos barcos, as famílias aumentaram. Nove meses após a visita do rapaz desconhecido teria nascido a anciã da vila, dona Alminha, hoje com quase cem anos. Bianca relata que, quando Alminha nasceu, a mãe dela, que não tinha um companheiro nem nunca teve, escondeu de todos o nome do pai da menina. E os moradores da vila começaram a comentar que o pai era aquele forasteiro da canoa que ficou apenas uma noite na praia e foi embora pelo mar. Era uma época em que pouca gente vivia ali, diz Bianca. Não havia refrigerador, os peixes eram guardados salgados. E a economia local era movida pela venda do peixe, do palmito, e da farinha de mandioca que produziam. Com isso compravam o arroz, o feijão, o café, o sal e o fumo de que precisavam. Com o passar dos anos, se viram cada vez mais dependentes dos produtos industrializados das cidades, perderam a abundância da pesca como recurso, ameaçada pela pesca comercial em alto-mar, e a legislação atual os proíbe de plantar mandioca e de colher palmito na Mata Atlântica. O resultado, diz Bianca, foi que para ganhar dinheiro os moradores da vila enviaram os filhos para estudar e trabalhar na cidade. Enquanto os pais permaneceram ali, rezando para a padroeira, para Nossa Senhora, pelo retorno de uma boa-venturança como a do passado.

"O problema é que Alminha agora está morrendo. E o povo passou a contar essas histórias de novo. Aqueles que têm a nossa idade, ou que são mais velhos, veem sinais em tudo. E até mesmo a sua vinda para cá foi um sinal, acredita? Eles acham que você apareceu aqui como o rapaz desconhecido da Alminha, sem dizer de onde ou por que veio."

Ele interrompe Bianca com um riso descontrolado. "Pena que nessa nova versão do mito da vila o que aparece seja um velho, e não um jovem pescador cheio de vida", ele diz. "Sinto muito desapontar", brinca.

"A Alminha, coitada, fica sentada num canto, naquela poltrona caindo aos pedaços dela, nem fala mais com ninguém, mas parece ter sempre um sorriso no rosto. Ouve o povo contando essas histórias e fica com esse sorriso, como se soubesse de alguma coisa", diz Bianca.

Para ele, aquelas não são histórias reais. Lembram histórias de crianças, de ouvir na hora de dormir, onde elementos desconexos aparecem organizados numa cadência lógica no tempo e no espaço. Na sua idade, e talvez na idade dela e dos anciões da vila, essas não são mais histórias de dormir, mas sim de partir, histórias que preparam para a morte. Ou para a vida após a morte, no que ele não acredita.

Para ele, a questão se resume assim: ou bem não há possibilidade de contato com os mortos porque todos se transformam repentinamente em almas egoístas que se recusam a aparecer para os encarnados e dizer o que verdadeiramente se passa do outro lado; ou então, se há contato, se é possível mesmo falar com os mortos, é porque quase todos foram feitos prisioneiros de um Deus tirano, que os proíbe de qualquer contato com o mundo, uma infinidade de almas penadas presas atrás de grades etéreas, e somente alguns poucos espíritos, cooptados, que se deixam levar pelas promessas de onipotência desse governador déspota, ganham o direito de assombrar centros espíritas, terreiros, grutas e malocas, espalhando mentiras orquestradas a respeito do além.

Mas há outra possibilidade, que ele sabe ser tão fantasiosa quanto a ideia de uma vida após a morte, e que o atrai mais. Talvez a ordem toda do mundo esteja invertida. Os humanos não são o topo da cadeia evolutiva do universo. Acreditamos nisso enganados pela ilusão do pensamento, pela narcose do ponto de vista. Porque é o que escutamos, ele pensa, que primeiro havia gases, depois sólidos, pedras, e então planetas e vida biológica, até chegarmos à consciência humana. Mas e se for bem o contrário? E se os gases e os sólidos, os planetas e as galáxias forem no que todos nos tornaremos? E se Deus, afinal, não for nada além de um buraco negro?

* * *

Ao dormir ele torna a sonhar, como das outras vezes, com os olhos negros. Refaz o caminho por uma escada que cruza dimensões até cair no espaço em espiral, na direção dos olhos negros, e então encontra um aglomerado de estrelas, uma galáxia com o estranho formato de um amendoim. Como se viajasse por mil anos-luz em apenas um instante, vê agora uma nuvem feita de metais e gases e líquidos com um gosto familiar de amoras. Ele segue adiante, como se viajasse por mais centenas de anos-luz, e sente se aproximar do centro da galáxia, onde tubos de luz congelados, como filamentos cósmicos, cortam o espaço marcado por bolhas de gás que parecem ter surgido na origem de tudo, com a memória de explosões estelares muito antigas. O espaço por onde flutua agora se transforma numa banheira de radiação, átomos se dissolvem numa névoa de partículas subatômicas que atravessam o seu corpo. Ele percebe, ao mesmo tempo, as proporções máximas das galáxias e as partículas ínfimas. E, mais próximo do centro da galáxia, a névoa forma um gigantesco disco brilhante que gira em torno de uma esfera preta absurda. Um buraco negro, como um imenso olho preto, o ponto parado em torno do qual tudo está em movimento, para onde está sendo sugado, onde cai. Mas já não acorda com o susto. Continua caindo, por um longo tempo. Sem medo. Começa a gostar da queda. Abre os braços, como se pudesse voar. No espaço sem fim, perde a referência do que está acima, do que está abaixo. Exceto pela certeza de que são os olhos negros que o aguardam no fim da queda. Os olhos, é a impressão que tem, ficam maiores à medida que cai. O espaço diáfano à sua volta fica mais escuro à medida que os olhos negros se aproximam. Os olhos tomam conta de toda a paisagem agora. Ele então abre os braços e as pernas, num esforço de parar o tempo, retardar a queda, e encara os olhos que de tão perto já não são dois, mas somente um. No centro do olho, ele vê uma pupila se deixar distinguir. Não é negra, a pupila, é branca, lisa, sem marcas, sem listras, sem estampa, branca e sem profundidade. É dentro da pupila branca que ele cai, para onde está sendo atraído.

A pupila se abre como um buraco profundo. O resto do olho se revela agora como a estrutura que suporta o buraco. Ele adentra o buraco e o branco da pupila ofusca sua visão, tira as cores de suas roupas, de sua pele. Tudo passa a ser apenas luz, excesso de luz, pura luz. Ele tenta olhar para trás. Sabe que não deve, mas, ainda assim, vira o pescoço no momento em que a pupila parece se fechar atrás dele. Os olhos negros se fechando. A escuridão ficando para trás. E então nada mais tem forma ou cor, nem mesmo ele. Tenta tocar o próprio corpo, mas não sente as mãos. Seus movimentos são intenções que não encontram resistência na luz. Ele não distingue absolutamente nada em meio à luz, e mesmo assim tem a sensação de não estar sozinho. De que tem mais alguém ali. Ou de que ali, afinal, ele é alguém. A sensação dura um, dois instantes, e então ele desvanece em sono profundo outra vez.

Numa manhã, ele abre os olhos para a luz que entra pela janela, entrecortada pela silhueta das plantas que ondulam no vento, ao ritmo do barulho das ondas na orla. O restante do quarto ainda é escuro no contraste com a luz que bate difusa na parede. Ele ouve o som de chinelos arrastando-se, a areia na sola de borracha friccionada contra o piso frio de ardósia, e chama por Bianca. Outra vez, ainda mais alto. Sem resposta. Suas pupilas se acostumam à penumbra. Ele varre com o olhar os cantos do cômodo. Reconhece o lugar com estranhamento. Não parece ser aquele o quarto em que ele se deitou antes de dormir. Tenta recuperar a história da noite, junta pequenos espaços de memória, cenas distintas se intercalam, frases que ouviu, coisas que disse, sons, sensações.

Ele ouve duas batidas secas na porta. Silêncio. Mais duas, e uma voz feminina que pergunta: "Seu Gustavo, o senhor está bem?".

"Seu Gustavo, o senhor precisa de alguma coisa? Quer que eu chame a dona Bianca?"

Ele senta na cama, os braços estendidos ao lado do corpo, e dispensa a voz à porta com uma resposta lúcida. Pensa que a funcionária da pousada logo vai espalhar que ele, o único hóspede, o visitante estranho, acordou chamando pela patroa. O sonho transmutado em anedota, em esquisitice. A intimidade que ganhou com Bianca ameaçada agora pela boataria das gentes.

No meio da manhã ele é perturbado por uma lembrança. Recorda vagamente ter pronunciado uma frase à noite, e tê-la repetido algumas vezes. "Eu te amo", teria dito, se lembra agora. E repetido. Não em sonho. Mas acordado, em devaneio. Foi para Bianca que disse? Para a projeção de

Bianca que carregou para o sonho? Ama de fato Bianca? Ou ama a ideia de um amor tardio, um último beijo, um último corpo antes de encerrar sua trajetória no mundo?

Quando no almoço se encontra com Bianca, eles parecem habitar realidades distintas. Por mais que procure nela o eco do que disse à noite, que a olhe como a uma tela em que possa projetar seu devaneio, ela permanece a mesma, dividida entre a generosidade para o presente e a disposição para ajudar o marido; entre a gratuidade dos tempos livres e a diligência dos afazeres de uma casa que virou também uma empresa, um pequeno pronto-socorro de almas em decomposição. É um tolo, ele pensa. Mas se Bianca não corresponde ao que ele carrega, não quer se livrar tão rápido assim da sensação produzida pela revelação noturna. Ainda que seja apenas dele o pensamento, que não possa sequer compartilhá-lo com ela.

No outro dia volta à casa de Bianca. Então acontece algo que ele não tinha antecipado. A enfermeira não vem. Depois do almoço, que eles acabam apressadamente, Bianca diz que tem que sair, que não demora, e pede a ele que fique ali, cuidando de Heitor. "Não precisa fazer nada, ele está bem. Só me avisa se acontecer algo. Eu volto rápido."

Ele se vê sozinho na casa com Heitor. Num primeiro momento receia se aproximar do quarto. Parado à porta ele ouve o barulho do respirador mecânico. A passagem do vento por cânulas de plástico, propulsionado por uma grande sanfona metálica. Olha para dentro e vê Heitor com os olhos fechados. Ao lado, um pedestal com a bolsa plástica de onde o alimento pastoso desce para a sonda gástrica que entra pelo nariz. O saco de urina preso aos ferros da cama deixa aparente o líquido amarelo, talvez ainda morno.

Ele entra no quarto e senta na poltrona ao lado da cama. Ao lado do corpo inútil de Heitor. Quando enfim Bianca retorna, o encontra cochilando, embalado pelo barulho do ventilador mecânico. Ele abre os olhos e a vê parada junto ao batente da porta, olhando para ele e Heitor, com um sorriso que não lembra ter notado antes.

No dia seguinte ele acorda mais leve. As dores em seu corpo, que vinham oscilando, nem sequer aparecem. Ou talvez tenha se acostumado a elas e já não se incomode. A rotina de caminhadas pela praia e a ida e a volta entre a casa de Bianca e a pousada, subindo e descendo o morro, além do regime de boa alimentação a que se submeteu desde que chegou ali, devem ter produzido algum efeito. Ele parou de tomar os remédios. Não chega a experimentar vitalidade, mas já não se cansa facilmente e sua pele não perdeu o tom corado nem mesmo após o fim dos dias de sol intenso. As dores já não são regulares. A cada dia se deslocam. A dor na região lombar passou para o abdômen inferior e depois subiu em direção ao estômago. Dor que muda de lugar, ele sabe, não é preocupante. Imagina ter ganhado, com isso, mais algum tempo de vida. Já não pensa que cada dia poderá ser o último.

* * *

Ele se oferece para ajudar Bianca a cuidar do jardim e da horta. Quer retribuir de alguma maneira, está cansado de se aproveitar da hospitalidade dela. Ela diz que não é nada. Que, na verdade, é ele quem a ajuda. Ele insiste mesmo assim.

Calça luvas de jardinagem que encontra num armário de madeira sob a varanda, luvas grandes que imagina terem pertencido a Heitor. No início, apenas procura arrancar as ervas daninhas, tirar as folhas secas, os ramos que caem das palmeiras, as pontas queimadas das bromélias. E logo começa a fazer planos para cultivar mais verduras e legumes, e para construir uma composteira caseira nos fundos do terreno.

No fim da semana ele se vê com tábuas de madeira, pá, serrote, martelo, pregos e um cansaço recompensador. Construiu um caixote que encheu de terra e salpicou de minhocas que encontrou no terreno. Agora é tratar de jogar o lixo ali e cobri-lo de folhas secas, esperar que a umidade da mata não atrapalhe o trabalho das minhocas, ele pensa, que transformarão o que era vivo em terra nova. Adubo. E, se não forem as minhocas, outros vermes então.

Na semana seguinte, Bianca diz que precisa ir à cidade fazer compras para casa, para a pousada, e o convida a acompanhá-la. "Se depender de mim, nunca mais ponho os pés numa cidade." Diz que ficará na casa, se ela não se importar, cuidando da horta. E aproveita para encomendar sementes e uma nova tesoura para a poda das árvores.

    Ele passa a tarde debruçado sobre as plantas no jardim. Quando para, quase no fim do dia, decide ir até o quarto de Heitor. A enfermeira está sentada na poltrona, com uma revista no colo. Heitor está com os olhos fechados. O ventilador mecânico a preencher os espaços do quarto e da casa. Ele desce as escadas e, na cozinha, esquenta um pouco de água. Faz um chá com um ramo de erva-cidreira deixado na pia. Sobre a mesa da sala há uma pequena toalha de rendas brancas de bilro, com uma boleira de vidro e um bolo de fubá feito, tudo indica, naquela manhã. Ele coloca uma fatia do bolo num prato de sobremesa. Volta à cozinha e, numa gaveta, pega outra toalha, pintada à mão com desenhos de cajus maduros e folhas verdes, que estende sobre a mesa, onde deposita o prato com a fatia de bolo e a xícara de chá. Senta à mesa voltado para a varanda, por onde consegue enxergar toda a baía, do alto: a orla, os barcos pesqueiros ancorados balançando, a cadeia de montanhas ao fundo, com os cumes cobertos de nuvens, a ilha e o coqueiro na ponta.

    Poucos meses antes, ele pensa, levava uma vida pavorosa de tão entediante. Não há, por mais que se esforce, chance de compreender como está agora sentado àquela mesa, com aquele bolo diante dele, a olhar para as águas calmas da baía.

    Uma grande canoa azul de madeira com motor de popa atravessa o horizonte e o barulho se perde no ar antes de chegar até ele. Só o que ouve é o som do ventilador mecânico, e também o ciciar do vento nas folhas das árvores ao seu redor, os pássaros que, com o ensaio do fim da tarde, cantam e voam à procura de um abrigo noturno, e as ondas que quebram no mar. Aos poucos vê o sol se pondo no fim da baía, detrás da cadeia de montanhas. Na ilha, as folhas do coqueiro seguem paradas. O tempo deve continuar firme e ensolarado no dia seguinte.

Está deitado na rede da varanda quando a enfermeira o chama. É Bianca no telefone. Diz que se atrasou na cidade. Pede a ele que fique com Heitor. A enfermeira logo deve ir embora.

Se vê então como cuidador de Heitor pela segunda vez. A enfermeira deixa aquele corpo limpo, seco e trocado, com um pijama novo, lavado e passado. É um desperdício de tempo e energia, ele pensa. Por que não mantê-lo nu, coberto com um lençol? Como não se move, não desarrumará a cama. E assim se economiza trabalho, água, sabão. Mas não é o pragmatismo que o mantém vivo. É um brinquedo, ele pensa. Uma grande boneca de vestir e despir, um brinquedo para facilitar a negociação com o mundo real. O investimento de afeto de Bianca e da enfermeira, ele pensa, não é por Heitor, mas por elas mesmas. Para que possam pensar que, se quiserem, vão alterar o rumo das coisas, impedir o inevitável. Adiar o tempo em que seus músculos deixarão enfim de produzir qualquer espasmo, quando o coração deixará de contrair o último músculo do último ventrículo. Mas decerto não pensam nisso. Ele sabe que é do próprio destino que cuidam.

Ele não precisa daquilo. Não precisa brincar de boneca. Não precisa cuidar de um corpo em semiputrefação. É ele quem está morrendo. Ainda que se sinta melhor, que nos últimos dias suas dores tenham dado trégua, que esteja disposto e com planos para os dias seguintes, ainda assim, não é para cuidar de um homem moribundo que ele está ali.

Bianca demora a voltar. O sol já se pôs e o resto de luz que se espalha pela baía durará poucos minutos, e não demorará para que a vila fique escura, que os três postes públicos da praia se acendam, que se torne perigoso percorrer os caminhos e trilhas, que as andorinhas enfim se retirem, e que saiam para comer os morcegos, os ratos e as cobras.

Ele se deixa abater pela compaixão, ou pela curiosidade, não sabe dizer, e sobe até o quarto de Heitor. Por baixo de um lençol branco fino, ele vê a camisa abotoada do pijama azul-claro com que a enfermeira o vestiu. Mesmo após anos naquela cama, continua pesado. É uma boneca pouco prática, ele pensa.

Quando se aproxima, tem a impressão de que Heitor movimenta os olhos. As pálpebras se abrem e fecham, disso ele já sabe. Mas algo no olhar chama a sua atenção. Ele se curva sobre o rosto de Heitor, procura alinhar seus olhos com os dele. Nada. Não acontece nada. O brilho dos olhos de Heitor é só efeito químico. Porque o ar segue inflando seu peito, às custas de um motor movido a energia elétrica, o que mantém o coração oxigenado e o sangue em circulação, alimentados pela gosma que atravessa seu corpo num cano de plástico e que goteja em seu estômago; daí vem a produção de lágrimas e o brilho nos olhos. Se aquilo é vida, é involuntária: defecar e urinar, digerir e lacrimejar. Só o que aquele corpo é capaz de fazer. Não é necessária uma alma, ele pensa. Basta um sistema nervoso, simples, prejudicado que seja, e um resto de células à disposição. Qualquer outra coisa com vida no mundo, nessas condições, já teria sido descartada. Mas não Heitor. Que tem Bianca e a enfermeira para si. E agora tem também a ele.

Os olhos estão parados, e brilham. Mas e se Heitor estiver mesmo lúcido, como acredita Bianca? Deve então estar confuso: o que quer este velho que começou a frequentar sua casa? E por que agora afinal estão apenas ele e o velho no quarto? Bianca tem um caso, e talvez mais do que um caso, um namorado? Antes de estar morto, terá que encarar uma última vergonha pública? A vila a comentar, e ele prostrado. Lúcido e incapaz de se levantar e dar um murro na cara de Gustavo. E ainda por cima tendo o amante de sua mulher como cuidador.

A situação em nada o favorece: é uma coincidência, o acaso, ele pensa em dizer a Heitor. Mas não compartilha da crença de Bianca de que o marido está lúcido. Aquele corpo impulsionado pelo ventilador mecânico é somente um resto insepulto. Tudo o que não quer ser. Mesmo assim, encara a situação com certo pudor. Há uma moral, antiga, com a qual concorda: o vilipêndio a cadáver é condenável. Morto, mesmo que ainda não tenha sido aceito no mundo dos mortos, Heitor merece respeito. Sua recusa em morrer significa apenas isto: ainda não abriu mão dos direitos dos vivos. Restam-lhe poucos direitos. E ele ali está violando um deles: o direito de permanecer com a mulher, de que os laços do casamento sejam mantidos até que um dos dois desapareça.

A questão o impele a agir, mesmo que seja ridículo. Deve falar com Heitor. Deve abrir a boca e pronunciar, em voz alta, o que sente. Deve sossegar Heitor, reafirmar a ele seus direitos, suas prerrogativas de homem, de marido, de senhor daquela casa. Deve declarar sua inocência perante Heitor. Mas "inocência" não é bem a palavra. Fosse Heitor vivo, e ativo, estaria ele ali, naquela casa, àquela hora?

Ele ensaia falar. Falar com um corpo. Não consegue evitar a sensação de que, se o fizer, criará uma realidade que não o agrada. Se falar com aquele corpo, transformará Heitor numa entidade também para ele. E, no instante seguinte, outra responsabilidade recairá sobre ele. Estará implicado na sorte de Heitor, no destino daquele casal, na vida daquela família.

E por que não poderia aceitar, ele se pergunta, fazer o papel de vilão. Sim, que Heitor pense estar sendo substituído. Que pense ser ele, Gustavo, o amante de Bianca, mesmo não o sendo. Que Heitor tema ter sua memória apagada pela presença de outro homem. Que seu nome seja pronunciado naquela casa com comedimento, para não perturbar a paz do novo morador. Talvez assim aquele corpo, Heitor, se convença a abandonar mais rápido o mundo, tendo perdido enfim todos os privilégios dos vivos. Se aceitar ser o vilão, talvez faça uma boa ação: livraria Bianca daquele fardo. Por que não pode fazê-lo? Já fez coisas piores na vida. Não foi Jesus mesmo quem disse que "o mal é necessário"? E por que, então, não dá um passo adiante, não vai além, e desliga logo o ventilador mecânico e assiste à morte de Heitor? Veria seus pulmões aceitarem a falha inevitável de todos os equipamentos. Apenas isso. Uma fatalidade. E, depois, o coração, agradecido, daria adeus, cansado, à muleta que o mantém em operação. As pálpebras fechadas pela última vez.

Quando Bianca chegar e o encontrar velando o corpo

do marido, ele dirá que Heitor enfim descansou. E ela o abraçará. Ou não. Talvez Bianca se descontrole e o expulse de casa, o ponha para fora da vila, enquanto chora abraçada ao corpo do marido. Porque Jesus também disse: "Mas ai daquele por quem o mal vier".

Ele volta a encarar os olhos abertos de Heitor.

"Heitor", ele chama. Sente o sangue esquentar a pele do rosto. Ridículo. Mas insiste ainda uma vez. "Heitor."

E, por um átimo, ele julga ver uma leve alteração nos olhos de Heitor. Como se uma faísca tivesse atravessado suas pupilas. Ou suas íris se movessem, como um líquido viscoso permeado de cristais. Se é essa a linguagem de Heitor, não sabe como poderá se comunicar com ele. Teriam sido necessários anos de convívio para antever ali os humores indicativos da personalidade de um corpo. Os humores químicos que não dependem de palavras. Os movimentos do corpo que se repetem ao longo de uma vida, contrários àquilo que sai pela boca.

Mas não espera ter com Heitor um diálogo. Como a uma criança, ele apenas diz: "Sua mulher, Bianca, teve que sair. Já deve estar chegando. Meu nome é Gustavo", ele gela por dentro ante o tamanho do ridículo de apresentar-se a um moribundo, "não precisa se preocupar. Está tudo bem".

Não há mais nenhuma faísca se movendo nos olhos de Heitor. Estão parados, brilhantes como bolas de gude. Logo as pálpebras dele se fecham. O ventilador mecânico segue constante, sem indicar se o corpo dorme ou está desperto.

Com a proximidade do fim do inverno, ele começa a ver os brotos de alface surgirem lentamente da terra, as folhagens verde-água das cenouras ainda pequenas, as folhas robustas das beterrabas, a força com que a couve sobe em direção ao céu. Ele plantou também alguns pés de milho crioulo que Bianca conseguiu numa comunidade quilombola perto dali e que crescem com vigor naquele inverno tropical. Há muito mais que pode cultivar. Batata-doce, inhame, abobrinha, abóbora, pimentões, agrião, rúcula. E depois será a vez do pomar. Planeja plantar um caquizeiro, um pé de nêsperas, um arbusto de morangos silvestres no muro atrás da horta.

Com esses planos ele tem trabalho para vários dias. Precisará aumentar a área da horta, preparar novos campos para as plantações. Com uma enxada, além da pá, ele revira um monte de terra e mistura o húmus ainda úmido que retira da composteira. Com outros pedaços de madeira vai erguendo uma pequena cerca, da altura de um pé, ao redor da área da horta.

Trabalha sempre após o almoço, quando o sol está mais forte, coberto por uma camiseta leve de mangas compridas e um chapéu de palha de abas largas que ele encontrou na casa. No fim do dia, lava a camiseta e a deixa estendida no varal. Então toma um banho rápido no chuveiro externo e torna a entrar na casa, onde bebe chá com Bianca, antes de voltar para a pousada.

Os trabalhos da horta estão completos. Ele tem pouco que fazer. Apenas uma vez por semana confere a saúde das folhas, remexe a terra, rastela o terreno. Nos outros dias, segue rotina da qual não reclama: após o almoço deita-se na rede da varanda da casa de Bianca e cochila. No fim da tarde, caminha com ela, que conta histórias da vila, apresenta os habitantes que ele, mesmo após meses ali, não conhecia.

Passa a ser convocado com frequência pela enfermeira para ajudar nas tarefas com Heitor. Ele aprendeu que devem mudar seu corpo de posição em intervalos de duas horas, para evitar escaras de pressão e úlceras na pele. A manipulação deve ser feita com cuidado, para que a pele não raspe no lençol e não se rompa com o atrito. A roupa de cama não pode ter vincos ou dobras. As rugas do tecido são como esporas num corpo inchado e débil. Uma vez por dia, após o banho, ele vê a enfermeira massagear Heitor com cremes hidratantes para fortalecer a pele e favorecer a circulação.

O corpo de Heitor se desmancha e exige da enfermeira e de Bianca trabalho incessante. Por que não abandonam logo isso? Que diferença fará a Heitor morrer um dia antes? Morrer agora mesmo, nessa tarde? São perguntas que ele não tem coragem de fazer a Bianca.

Às vezes tem a impressão de que o estado emocional de Heitor se altera ao longo do dia. Em seus olhos ele crê enxergar, nos começos de tarde, uma certa ansiedade. Quando o sol se põe, pouco antes de ele deixar a casa dela, os olhos estão apáticos, resignados.

Não ignora o potencial de comoção que Heitor produz nele. Combinou com Bianca e a enfermeira que após seus cochilos na varanda passará uma hora por dia no quarto com Heitor, liberando as duas para outras tarefas.

Sozinho com Heitor, ele senta na poltrona e lê em voz alta. Evita jornais e revistas. Lê principalmente livros, antigos, de uma coleção encadernada que achou na casa. Não está muito preocupado com as histórias dos livros. O que são os enredos para um moribundo? Uma espécie de tortura. Um mau agouro. Quer apenas oferecer palavras, para que Heitor as combine como quiser. A leitura em voz alta, ele se dá conta embora não diga a ninguém, é a maneira que encontra de conversar com o marido de Bianca sem se sentir demasiadamente ridículo.

Ele percebe, às vezes, a presença dela atrás da porta. Quando entra no quarto, ele para de ler.

Quando chegou à praia, as dores o acometiam mais fortemente pela manhã e no fim do dia, sempre na lombar, com efeitos que irradiavam pelas pernas e torturavam seus nervos. Aos poucos a dor começou a migrar. À noite uma carga pesada pressionava seu abdômen e permanecia pulsando até a manhã seguinte, quando acordava enjoado e com ânsias. Talvez as duas dores coabitassem em seu corpo, a anterior eclipsada pelos novos incômodos. Depois as dores subiram para o estômago, como se um ferimento de fogo tivesse aberto um buraco em sua barriga e fosse preciso preenchê-lo. Mas a cada tentativa de tapá-lo com alimentos, maior se tornava a fissura. Agora, passado meio ano, já não há queimação do estômago. É seu esôfago que está sempre estufado. Tem engasgado com frequência quando se alimenta. Lendo em voz alta ele sente o corpo acalmar. E percebe, olhando para Heitor desde a poltrona, que seus olhos se umidificam.

Uma hora depois, a enfermeira volta ao quarto e se prepara para a higiene do corpo de Heitor. Mesmo acompanhando a tarefa diariamente, ainda não se acostumou à precariedade da função.

A enfermeira se chama Aurora, é baixa e forte, e tem a expressão de alguém imperturbável e serena. Ela retira de debaixo da cama uma manta plástica transparente. Vira o corpo de Heitor para o lado usando as duas mãos espalmadas contra as costas dele. A manta plástica, dobrada ao meio, é estendida sobre o colchão, chegando até o corpo de Heitor. Ela dá a volta na cama, torna a virar o corpo de Heitor, agora para o outro lado, sobre o plástico, e termina de estender a manta pelo restante do colchão. Depois de o limpar com gazes embebidas num líquido amarelado, Aurora retira as ataduras sujas que sustentam o tubo da traqueostomia. Insere pelo orifício aberto um canudo de sucção e aspira as secreções ali concentradas. Em seguida volta a colocar gazes secas em torno do orifício, para conter o vazamento do catarro e das secreções que se acumularão ao longo de mais um dia.

O corpo está ainda mais coberto de escaras, que demoram muito a sumir. Ela seca levemente a pele, apalpando o corpo com cuidado, e depois passa creme hidratante nele.

Há duas escaras grandes junto às escápulas, outras duas que se esparramam na região dos ílios e um buraco onde o osso sacro se apoia no colchão. É uma fenda vermelha e pequena, com as carnes expostas.
Deitando-o novamente com a barriga para cima, Aurora se concentra na limpeza do pau de Heitor. Ela descobre a glande, por onde desliza um algodão umedecido. Depois pega a bolsa de urina e torna a colocá-la em Heitor. Durante alguns segundos ela masturba o paciente, que, ele se surpreende, tem uma semiereção. Ela assim consegue envolver o corpo esponjoso duro com uma espécie de camisinha de borracha, de onde sai o cano que recolhe a urina.

No dia seguinte ele acorda de seu cochilo após o almoço com o barulho alto de vento sacudindo a copa das árvores no jardim. Ao erguer os olhos sobre a balaustrada da varanda percebe que também as árvores da encosta estão agitadas. O som das ondas no mar é mais intenso do que se acostumou a ouvir, e chega em intervalos menores. Não há pescadores ou canoas na água. Os barcos de pesca ancorados parecem subir e descer em convulsão.
Ele procura o coqueiro na ilha em frente. Quando o localiza, em meio à névoa que cobre a baía, vê que as folhas estão inclinadas para a esquerda. De repente todo o coqueiro começa a tombar para o lado, sob efeito do vento. Ele ouve o barulho de portas e janelas batendo.
Bianca, atrás do vidro da varanda, olha na mesma direção. "Isso não está nada bom." Durante toda a tarde o

vento bate com força contra a encosta do morro onde estão. Ele vê que o nível do mar subiu e se aproxima das casas e pousadas à beira da areia.

No final da tarde a chuva chega. Forte e constante. Há relâmpagos e trovões, mas não como os de chuvas de verão. Qualquer que seja a condição atmosférica, não haverá de passar tão cedo.

O céu escurece rápido. Bianca libera Aurora para que volte para casa e diz a ele que durma ali. Não deve sair com aquele tempo. Há um quarto que ele pode ocupar, ao lado do de Heitor.

A energia cai no meio da madrugada. Ele acorda com o alarme do ventilador mecânico indicando que passou a operar com bateria. Quando se levanta, Bianca já está com Heitor. Há luzes de emergência acesas no quarto. "Por enquanto não há com que se preocupar", ela diz. "O ventilador tem duas baterias, o suficiente para dez horas. Ele está bem. Podemos voltar a dormir. Pela manhã veremos o que fazer." Ele volta para o quarto, mas deixa a porta aberta. Bianca segue com Heitor.

Às seis horas ele acorda. A chuva continua caindo com intensidade, mas a luz do corredor está acesa. A energia voltou. Bianca está sentada na poltrona no quarto de Heitor, dormindo. Ele desce as escadas e entra na cozinha. Vai preparar o café.

Corta um pedaço de mamão, retira as sementes e o reparte em dois pratos pequenos, um para ele, outro para ela. Abre as portas dos armários da cozinha à procura de um espremedor de frutas. Encontra um no fundo da prateleira, acima da pia. É um modelo antigo, azul-claro, com a cor esbatida pelo tempo. Corta quatro laranjas ao meio e prepara dois copos de suco. Quando abre a porta do armário debaixo da pia, à procura de um recipiente para esquentar água, as panelas se deslocam num estampido metálico que ressoa pela casa. Enche uma pequena caçarola vermelha com água e a coloca sobre a chama posterior do fogão.

A água ainda não está fervendo quando Bianca aparece. É a primeira vez que a vê com os cabelos soltos e desgrenhados, um volume que se espalha em torno do rosto, a face descompensada pela noite maldormida. Na idade deles uma noite assim não se recupera mais, ele pensa, é como um salto repentino no tempo. Um colar dourado e fino se vê por entre os botões abertos da longa camisola branca.

"Desculpe não ter acordado antes. Não precisava ter preparado o café."

"A noite foi difícil, não?"

"Está tudo bem agora. As baterias estão carregando. Sem problemas."

Bianca senta à mesa, a cabeça apoiada numa das mãos.

"Se você quiser dormir, eu fico com ele até que a Aurora chegue."

"Tudo bem, obrigada. Não precisa se preocupar. Só estou cansada. Às vezes pesa. É só cansaço acumulado. Aurora já deve estar vindo."

Às oito a enfermeira liga avisando que não poderá ir trabalhar. Sua casa está sem energia desde a madrugada e não há transporte disponível. Houve um deslizamento. Ela sente muito. Mas diz que virá para cuidar de Heitor assim que a estrada for liberada.

Ele está ao lado dela durante a ligação. O corpo de Bianca encolhe. Já o seu próprio corpo, ele sente, se enrijece. Está mais ereto, mais disposto. Ele não voltará para a pousada, decide. Ficará com Bianca até que a enfermeira possa retomar o trabalho.

"Essa noite, achei que seria a última", ela diz quando desliga o telefone. "Pensei em chamar uma ambulância, para virem buscá-lo. Cheguei a pegar o telefone, mas estava sem sinal. Foi melhor assim."

Ele não engata uma conversa. Não sabe o que dizer. Ou não quer dizer o que vem pensando há meses. Por que não deixá-lo morrer logo? Por que manter o ventilador ligado? Mas não pode dizer, não a Bianca. É o marido dela, e talvez ela tenha direito sobre ele, sobre o corpo dele, direito de manter o marido ao seu lado por quanto tempo julgar necessário.

A chuva segue ao longo do dia, com quedas de energia que duram poucos minutos, e o alarme intermitente do respirador. À tarde Bianca pede sua ajuda para fazer a limpeza do marido. Já tinha visto Aurora realizando a tarefa, mas é a sua primeira vez, e fica constrangido, se limitando a auxiliar na movimentação do corpo, virando o rosto enquanto Bianca limpa as fezes e quando retesa o pau de Heitor para reinstalar a sonda de urina. Quando põe as mãos sobre as costas dele, para ajudar na troca de roupa, sente seus dedos penetrando a carne. Pontos vermelhos ficam marcados onde ele encosta, formando novas escaras.

Da varanda ele vê que o mar continua subindo e as ondas batem contra as construções da orla. Há luzes acesas nas casas dos pescadores e diante das pousadas fechadas. Os postes de iluminação pública estão desligados. A chuva segue intensa. Uma massa densa de nuvens cobre todo o céu, a baía, as montanhas e o horizonte sobre o oceano. Ele procura o coqueiro na ilha, mas não consegue enxergar muito longe, somente as luzes dos barcos ancorados que balançam agitadas no mar.

Antes de se deitar ele toma um banho. Há um roupão branco pendurado num gancho no quarto, grande demais para ser de Bianca, que ele veste para ir pegar um copo de água na cozinha. Quando volta, vê na sua cama uma muda de roupa: uma bermuda, uma camiseta e uma cueca. Não quer vestir as roupas de Heitor. Entra no banheiro e lava sua cueca e sua camisa na pia. Estende as peças perto da janela do chuveiro e torce para que estejam secas pela manhã. Deita pelado na cama, o roupão largado no chão, e se cobre com uma colcha.

No meio da madrugada, ele ouve novamente o alarme do respirador. Suas roupas ainda estão molhadas. Ele veste a cueca de Heitor. Sobre ela, põe as próprias calças e a camiseta deixada por Bianca. Quando termina de se vestir, o alarme para de soar. Bianca já está no quarto. Dessa vez ele traz uma cadeira. Passará a noite ali, com ela.

Quando o dia começa a clarear, Bianca dorme na poltrona e ele está deitado sobre um cobertor que estendeu no chão. A luz não voltou. Eles não sabem a razão. Bianca pede a ele que pegue o rádio na cabeceira de sua cama. Ele atravessa o corredor e entra no quarto de Bianca. A cama está arrumada. Nenhuma peça de roupa sobre a cama ou no chão. Nada fora do lugar. Há somente um caderno aberto em cima de uma pequena escrivaninha, junto à janela. Mais nada. Não foi apenas nas duas últimas noites que Bianca dormiu na poltrona ao lado de Heitor, ele suspeita. Deve fazer isso toda noite.

Quando ela liga o rádio numa estação de notícias locais, descobrem que os estragos das chuvas são maiores do que estavam considerando. Não é só a praia da enfermeira que está isolada. A vila também está sem acesso. Houve dois deslizamentos de terra na estrada que os conecta à rodovia. A Defesa Civil da cidade está sobrecarregada devido a outros deslizamentos, em estradas mais importantes, que ligam comunidades mais populosas.

Bianca se aproxima de Heitor. Ergue o encosto da cama e tenta se colocar em frente ao marido. "Será que chegou a nossa hora?", ela diz em voz baixa, com os olhos molhados.

"Quanto tempo ainda temos de bateria?", ele pergunta, como se os dois, ela e ele, estivessem naquilo juntos.

"Umas quatro horas."

"Você não sabe de alguém na vila que tenha um gerador? Daria para carregar as baterias. Ganharíamos mais horas. Até que algum socorro consiga chegar."

Bianca segura a mão esquerda do marido. Não responde à pergunta. Ela levanta o braço de Heitor. Leva a mão débil até o rosto e a esfrega algumas vezes na pele.

"Ele está quente", ela diz. "Está tão quente."

Ela está cansada, ele pensa, sem dormir há noites. Se algo precisa ser feito, é ele quem tem que tomar a iniciativa. Heitor não tem solução, ele sabe. Mas, na impossibilidade de saber se vai morrer hoje, nas próximas horas, ou se continuará mais uma temporada, é preciso esgotar todas as opções de socorro.

Ele pega um guarda-chuva e desce a trilha do morro em direção à praia. Vai bater nas casas de todos os pescadores até encontrar um gerador.

A chuva transformou as trilhas em escorregadores de lama. Seus pés deslizam e enroscam nas raízes agora aparentes das árvores que margeiam o caminho. No fim da trilha, quando pisa na areia, a água do mar cobre suas canelas, com ondas que quebram contra as fundações das casas.

Ele dobra à esquerda e caminha com dificuldade. Não há outra maneira de chegar às casas dos pescadores, nos fundos dos terrenos. Deve seguir pela areia e procurar nas vielas. Entre as pousadas e restaurantes fechados é que se escondem os moradores locais.

Poucos metros adiante ele percebe movimento nos fundos de uma casa, em meio a canoas e a redes de pesca estendidas sobre varais de bambu. Ele entra na viela, por onde não passa com o guarda-chuva aberto. Precisa fechá-lo. Em menos de cinco passos está encharcado de água.

Sob uma laje de concreto há um homem jovem que ele lembra de ter visto algumas vezes na praia. Está sem camisa, mexendo nas canoas. Tem a expressão compenetrada, embora tranquila. Os músculos dos braços, abdômen e peito são robustos. A calma com que se movimenta sugere que o esforço do trabalho diário não se dá às custas de sua integridade. Ele se apressa para explicar a situação, atropelando-se nos fatos. O homem não altera a expressão enquanto escuta. Se livra do que está fazendo e grita para dentro de uma porta lateral, para o que parece ser uma cozinha. Logo saem dali outros dois homens que ele também já tinha visto, com idade e aparência semelhantes. São irmãos, ele se dá conta. Uma família de pescadores. Como poderão ajudar, ainda não sabe. Mas se anima ao ver, preso a uma das canoas, um motor de popa. Se há um motor, há combustível. Se há combustível, não será tão improvável achar alguém que tenha um gerador.

Os irmãos confabulam, falam rápido, usando termos que escapam à sua compreensão. O que está sem camisa diz que conhece alguém que tem um gerador. Pensa ter ouvido o nome Jilis, do surfista vendedor de sorvetes, e por um instante se arrepende de não ter estabelecido melhores relações com os moradores da vila. Mas Jilis mora na praia ao lado, e com esse tempo é arriscado ir até lá. Além do quê, ele provavelmente depende do gerador para salvar sua mercadoria. Ele reforça a emergência do pedido. Se não conseguir o gerador, em poucas horas Heitor morrerá.

Da porta lateral sai mais um homem, velho, com a barriga protuberante para fora da camisa aberta. Os quatro têm o mesmo semblante tranquilo. Deve ser o pai do trio, um pescador aposentado pela prole. Será que não compreendem a gravidade da situação?, ele se pergunta.

O pescador se aproxima. Ele estende a mão, um pouco sem jeito. "Polly", o homem se apresenta. Não conhece os códigos dos pescadores, não sabe como se comunicar. "E dona Bianca?", o velho pergunta.

"Ficou lá, está preocupada, não sabe o que fazer. Vocês

ouviram que a estrada está fechada? Parece que houve deslizamentos, que estamos ilhados. Não há como chamar uma ambulância."

"Que apuro, a estrela do compadre se apagando e a gente sem ter o que fazer", Polly diz, sem que o rosto acompanhe em expressão aquilo que pronuncia. "Tião, Pedro, peguem a piroga azul, que aguenta melhor nesse tempo. Chico, ajuda teus irmãos nisso daí. O senhor diz a dona Bianca que vamos ver com Jilis. Se tiver jeito, daremos. O resto é com Deus, mesmo. Chico, passa o galão de plástico daí. Vocês vão lá que eu vou cuidando da gasolina." Ele sente confiança no pescador velho.

"Mas o senhor não dê esperança a Bianca. Nunca vi tempo assim. Pra chegar lá os meninos vão ter que suar. Mas são bons. Chegam. Se Jilis não der jeito, fazer o quê? Chico, pega aquela toalha dali, dá pro seu Gustavo se enxugar. O senhor não pode voltar assim. Pedro, empresta essa capa daí. É ruim de usar, tá com cheiro de peixe, mas pelo menos chega seco lá em cima. A gente nem sabe mais o que não é cheiro de peixe ou de gasolina. Tião, anda logo com as toras. Põe a canoa no prumo, homem, vamos. Os meninos são bons, se tiver jeito, eles dão."

Ele não recusa a ajuda. Tira a camisa, se enxuga com a toalha quase molhada, dá um gole no café morno e açucarado oferecido pela esposa de Polly, que aparece quando os filhos estão saindo. Veste a capa impermeável e deixa a casa dos pescadores. Vê os três irmãos subindo na canoa azul, no que seria a areia da praia, agora coberta de água. Chico, o mais novo e forte, está de pé à frente e rema com vigor. Tião e Pedro estão sentados, imóveis, enquanto o barco sacode ao atravessar as ondas.

Quando começa a subir a trilha de volta está cansado

e com frio. Aos poucos seu corpo esquenta. A pele em contato com o plástico impermeável transpira. O odor de peixe é quase insuportável. Melhor não tirar a capa e correr o risco de pegar um resfriado, uma pneumonia. Ele segue adiante, quase se arrastando pelo caminho, usando as mãos para se apoiar nas árvores.

Tenta tratar a situação como aparenta ser, uma emergência: correr em busca de socorro, esgotar as alternativas, apelar a quem quer que seja. É assim que se faz numa emergência. Mas não é isso, enfim, o que sente. É o destino, ele pensa, a oferecer uma maneira articulada e complexa de pôr fim ao sofrimento de Heitor, à revelia dele e de Bianca. Nem ele está entregando a própria vida, nem ela o está deixando partir. Seria mesmo preciso um desastre atmosférico para aceitarem a morte? Para se convencerem de que chegou a hora? Mas o pensamento é pueril, e ele se corrige. Melhor dizer que a condição do tempo é providencial. Ainda que a providência só exista na perspectiva dele. É ele quem pode costurar uma história de redenção pelo tempo, pela chuva, por uma reação imprevista. A sensação de grandeza que sente ao pensar nisso, a ilusão de enxergar no mundo algum propósito, alguma bondade cruel, ao mesmo tempo o diminui: também ele não saberá enxergar história nenhuma quando sua hora chegar, também ele será infantilizado por aqueles que, de uma distância confortável, dirão: "É claro que isso aconteceria, mais cedo ou mais tarde, é o destino".

Tião e Pedro aparecem carregando o gerador. Chico vem atrás, com o galão de gasolina. Ele mal consegue imaginar a força que aqueles três tiveram que fazer para trazer o equipamento e o combustível até o alto do morro. A operação é complexa. É preciso instalar o gerador do lado de fora, passar a fiação pela janela, conectar à central de energia da casa. Quando os irmãos conseguem concluir a tarefa, resta menos de uma hora de bateria para o respirador de Heitor.

O gerador não pode ficar ligado por mais de quatro horas seguidas, dizem os irmãos. Senão queima. Durante esse período, deverá alimentar somente o equipamento que mantém Heitor vivo, e precisam torcer para que as duas baterias sejam recarregadas. Assim ganham-se mais algumas horas, até que o gerador possa ser novamente ligado, ou até que a luz volte ou a estrada seja liberada, até que Heitor seja resgatado.

O plano funciona. A bateria se recarrega antes de desligarem o gerador. O restante da casa segue com os equipamentos desligados. Mas, quando escurece, Bianca diz a Gustavo que a saturação de oxigênio no sangue de Heitor diminuiu, e no meio da madrugada ela acorda Gustavo. É preciso religar o gerador. As baterias não foram suficientes. Ele sente o corpo moído pelos esforços do dia. Mesmo assim, ficam acordados o resto da noite, até de manhã, quando o gerador é desligado. A saturação de oxigênio estagnou num nível mais baixo, em oitenta e sete por cento, mas pelo menos parou de cair.

Com a correria dos socorros, eles não puderam fazer a limpeza de Heitor. As fraldas foram trocadas, a bolsa de urina esvaziada, mas o quarto está impregnado de um cheiro azedo. As escaras parecem avançar sobre o corpo dele.

Durante a tarde a chuva dá trégua e a energia é restabelecida, mas a saturação de oxigênio começa a cair novamente, chegando a oitenta por cento. "E se acionarmos um helicóptero de resgate?", ele diz. A solução, em princípio absurda, passa a ser considerada no desespero. Ficam algumas horas no telefone tentando sensibilizar a Defesa Civil para a necessidade da remoção. "Impossível, senhora", o atendente informa. "Não sabemos se haverá condições de pouso. Além disso, há riscos de morte na manipulação do paciente, que pode não aguentar a viagem." O que o atendente não diz é que um resgate como aquele custará uma exorbitância de dinheiro público, o que no caso de Heitor talvez não faça sentido. "Os helicópteros estão todos em serviço, senhora, socorrendo pessoas ilhadas. A senhora aguarde, acionaremos uma ambulância, mas não é possível precisar o tempo de atendimento." É somente nesse momento que ele vê Bianca chorar.

A energia segue intermitente, obrigando-os às manobras para fazer funcionar o gerador. Na manhã seguinte, a chuva e o vento cessam. É possível ver entre as nuvens alguns recortes de céu. Chega até eles a notícia de que há caminhões da prefeitura liberando a estrada. E que uma ambulância está junto ao comboio, esperando para passar. A saturação de oxigênio melhora, e oscila entre oitenta e cinco e oitenta e sete por cento. Mas a temperatura aumentou. Está febril, com trinta e sete graus e meio. Até o som produzido pelo ventilador mecânico parece enfraquecido.

Quando as luzes da ambulância enfim aparecem em frente à casa, no início da noite, já não há muito mais o que fazer.

4.

Ele levanta antes de nascer o sol. Sua barba está comprida. Com a lâmina de barbear, ajusta o recorte, retira os pelos do pescoço e das bochechas. Usa a mão em concha para deslizar a água da torneira sobre o apanhado de pelos brancos que se confundem com a louça da pia.

Bianca ainda não acordou. Não quer perturbar o silêncio da casa na preparação do café. Da varanda, com as mãos apoiadas na amurada coberta de sereno, ele observa as nuvens que ao longo da noite repousaram sobre o horizonte e agora encobrem a luz do sol. Não há turistas nem pescadores na praia. Apenas um cachorro cambaleia pela orla.

Aos poucos as nuvens se revelam pequenas ondulações rosa-alaranjadas por baixo e cinza-azuladas por cima. O sereno que começa a evaporar espalha no ar um cheiro de mato fresco.

Iluminadas, as ilhas da baía agora ganham volume, saem das sombras em variações de verde, amarelo, azul. Detrás das ilhas, à esquerda, o mar de fora, o oceano. O sol que surge pelas costas da montanha levará algum tempo para se mostrar inteiro. Ele se volta para o interior da casa. Sobre a mesa de centro da sala está a urna de barro com o corpo de Heitor transformado em pó.

Em breve chegarão os únicos amigos ainda vivos de Heitor, um ou outro parente distante, e todos se encontrarão na praia; virão os pescadores, suas mulheres, seus filhos, e Bianca dirá algumas palavras, possivelmente outros também falarão, e depois, numa pequena canoa, as cinzas de Heitor se perderão na baía. Tudo já foi combinado.

Ele ouve barulhos no andar de cima, no quarto de Bianca.

Quase um ano se passou desde que chegou à praia. E ele continua ali. Acompanhou os preparativos na pousada para a nova temporada de férias, os retoques de tinta, a limpeza geral com água e sabão pelos corredores e quartos, o piso de ardósia verde reluzente outra vez. Reservas já começam a ser feitas. Quando ele sugeriu voltar a dormir no quartinho dos fundos da pousada, Bianca propôs que se mudasse para a casa dela.

A temporada de verão deve durar três meses. Ele se conhece o suficiente para saber que não é uma boa companhia por muito tempo, que seus ataques de mau humor chegarão por mais que os tente controlar. Já não terão Heitor para os ocupar, após a cerimônia de hoje.

Mesmo assim, aceitou o convite e agora dorme no quarto de hóspedes. À noite, quando a maré baixa e não há ventos, ele pensa escutar o ruído do respirador mecânico. Sabe que não é a presença do espírito de Heitor na casa, que teria se recusado a abandonar Bianca. Mas, quando ouve os barulhos noturnos, às vezes se deixa levar pelo pensamento fantasioso que, ele tem consciência, revela mais seu medo de morrer do que um flerte com o mundo dos mortos. E então o barulho se desfaz, coberto pelo farfalhar de plantas no quintal, ou apenas pelo som de água passando nos canos enterrados no jardim.

Quando Bianca desce as escadas, ele está sentado no sofá, com a urna em frente. Ela passa por ele, diz bom-dia e nada pergunta. Ele não se lembra de Bianca perguntar nada, nunca. O que o faz lembrar de uma história, uma parábola, talvez, sobre uma mulher que abre a porta de casa para dar comida a um pedinte indigente, o convida para sentar e dividir o almoço com ela. Ele então entra, pega um prato de comida e passa os quinze anos seguintes morando na casa. Um dia, levanta e vai embora. A mulher, assim diz a história, nunca pergunta nada ao rapaz.

Bianca o chama para sentar à mesa e tomar o café da manhã. "Está tudo pronto para a cerimônia", ele diz. "Seu Polly trouxe a canoa hoje cedo. E disse que Alcina e Bito já estão com as coisas do almoço preparadas."

Ela já tomou banho, como faz toda manhã, e traz os cabelos penteados e escorridos detrás das orelhas pequenas. A água do banho quente deixa a pele do seu rosto marcada por pontos vermelhos, mesclados às manchas brancas e às sardas escuras de sol, realçadas pelo contraste com a camisa branca que veste. Não há como negar que, nesse último ano, ela envelheceu rapidamente. Sentada na sua frente, parece menor, mais magra. O olho e o lábio do lado esquerdo do rosto respondem cada vez menos às suas expressões.

Desde a morte de Heitor, ficou mais lenta e tem arrastado um pouco uma das pernas.

Ele pega a garrafa térmica preta e enche as xícaras de café. Sem olhar para ela, coloca duas fatias de pão na torradeira.

"Fiquei sabendo que até Alminha estará lá, hoje, com os filhos", ela diz, e toma um gole de café.

"Vou ter a chance de falar com ela, afinal?"

"Outro dia ela disse que se lembra de quando você esteve aqui, no passado, acredita?"

"A memória dela deve estar melhor que a minha, então", ele diz, e força um sorriso.

"Ela disse que foi numa Festa do Divino, e daí os outros mais velhos começaram a contar histórias daquele dia, dizendo que tinha sido a última grande festa que fizeram por aqui. Você não se lembra mesmo de muita coisa, então, daquela visita?"

"Parece que perdi uma boa festa. Eu só me lembro de ter estado aqui, com uns vinte e poucos anos, como já disse. E vagamente de alguns detalhes, de ter ficado muito bêbado, de umas pessoas na praia, e de ter, milagrosamente, ido embora no dia seguinte. Não muito mais do que isso. Na época eu bebia tanto, e dormia tão pouco, que minha memória ficou prejudicada."

Ele para de falar e fica em silêncio, olhando para Bianca. Serve mais uma xícara de café a ela. Os pães saltam da torradeira. Ele se levanta, põe as torradas num prato, e a serve.

"Eu não estava aqui naquele dia. Tinha terminado a faculdade e arranjado um trabalho numa fazenda aqui perto. Me lembro disso porque foi a minha despedida. Nessa época meu pai já tinha morrido. Quem morava aqui era a Teresa, minha antiga babá, que cuidou de mim depois que minha mãe morreu. Uns dias antes eu pedi pra Teresa me ensinar a receita das queijadinhas que ela fazia na minha infância. A nossa casa era um pouco diferente, mais rural. Tínhamos até um galinheiro no terreno. Passamos um dia todo no preparo dos doces. No dia seguinte eu fui embora. E no fim daquele ano Teresa também morreu. Levei muito tempo para voltar pra cá. Mas, depois que a Alminha disse que se lembra bem da festa, que lembra de você aqui, fiquei com mais pena de ter perdido a festa", ela diz.

"Seria uma história incrível. Um grande reencontro no final!"

"Não zombe, Gustavo, por favor."

"Desculpe, é que eu não consigo embarcar nessa mitologia da vila."

"Não é mitologia. Faz muito tempo, eu sei, mas as pessoas ainda estão vivas. Têm memórias. Talvez você tenha esquecido, ou tenha desejado esquecer, não sei."

"Você está certa. Me perdoe. É só que não acredito que exista nada daquele tempo que possa servir a alguém hoje. Ao menos não que eu possa ajudar."

Ela levanta o rosto e encara seus olhos, séria.

"Gustavo, eu sei que você veio para cá justamente para não ter que falar do passado. Respeito isso. E sei que, se ficar perguntando, você vai acabar indo embora."

"E você não quer que eu vá embora?"

"Não é isso. Nunca falei nada, nunca te perguntei nada. Eu costumo confiar no que sinto sobre as pessoas, não no que elas me dizem. Mas como hoje você vai encontrar com as pessoas mais velhas da vila, achei que era o momento de a gente tentar conversar."

Ela estica o braço e pega na mão dele, do outro lado da mesa. Com um movimento delicado, faz com que ele repouse a palma da mão na mesa de vidro, e coloca a própria mão espalmada sobre a dele. Ele sente o calor da mão dela, de um lado, e o vidro frio, de outro. Ela então procura os olhos dele. Por alguns instantes ficam em silêncio, e depois ela diz: "Eu não sei do que você estava fugindo quando veio para cá. Nem o que veio procurar aqui. Você tem sido uma companhia muito especial neste último ano, e me ajudou mais do que eu posso agradecer. Para mim, isso basta. Mas me deixa tentar te ajudar, por favor? Eu sei que tem alguma coisa, deve ter alguma coisa que eu possa fazer. Eu tenho visto você sofrendo, à noite".

Ele recolhe a mão e num movimento rápido levanta da mesa, carregando o prato e a xícara até a pia.

"Gustavo, não quero perturbar a sua paz, se for isso que você veio buscar aqui. Mas eu aprendi uma coisa nesses últimos meses, e você me ajudou a entender isso. Às vezes é importante fazer o passado andar."

Ele volta a sentar à mesa.

"Obrigado, Bianca, mesmo. Você já fez muito, me recebeu sem exigir nada em troca, me acolheu. Eu estou bem. Agora é melhor você comer alguma coisa. Daqui a pouco temos que descer. Sua torrada já deve ter esfriado", ele diz. "Quer que eu prepare um ovo pra você?"

Bianca levanta, dá a volta na mesa e para apoiada na cadeira, atrás dele. Ele percebe o olhar dela voltado para a varanda. "Nem tudo precisa ser dito, eu sei. Você pode confiar em mim, Gustavo", ela diz. "Vou terminar de me arrumar. Mas não esqueça do que eu falei. Me deixa pelo menos tentar te ajudar."

Bianca desliza a mão sobre seu ombro, de maneira afetuosa, ele sente, sem condescendência. Ele não se mexe na cadeira. Ouve os passos dela subindo a escada, depois levanta, lava a louça do café. Pega um pano de prato limpo, retira as peças do escorredor, enxuga os dois pratos, as xícaras, os pires, os talheres, e guarda tudo no armário.

O grupo se reúne no canto da praia, junto às pedras da encosta. É dali que soltarão a pequena canoa com as cinzas de Heitor. Ele e Bianca estão vestidos de branco. Não foi uma decisão conjunta. Há alguns parentes de Heitor que ele conheceu no velório e que o cumprimentam com entusiasmo, como se fossem amigos dele agora. E também algumas crianças que não sabe dizer de quem são filhas. Armandinho está ali, um pouco mais alto do que no verão passado, com seu colar de conchas. Está de novo na praia, para mais uma temporada junto à tia, ele pensa. Os demais são pescadores e suas famílias, vestidos em roupas de culto de domingo: calças e saias longas, bem passadas ainda que desgastadas, camisas de colarinho para os homens, blusas largas para as mulheres. Também Jilis aparece, com sua mulher, e os pescadores da praia Brava, Antônio e Luís, com seus filhos, já quase velhos.

Quando Bianca pede a palavra, Bito a interrompe. Deve ter mais de setenta anos, ele julga, a pele do rosto encarquilhada e um olho quase fechado pela pálpebra caída. Pede que ela aguarde a chegada de alguém. O dia abriu. As nuvens se dissiparam e agora cobrem somente o pico das montanhas na serra. Quer tirar os calçados e entrar no mar. Abrir os botões da camisa. Se livrar daquelas calças. Mas apenas ele parece incomodado. No mar um bando de gaivotas se aproxima da orla. Logo elas começam a mergulhar na água, uma após a outra, e então ele vê um cardume de peixes cruzar uma pequena ondulação que se avoluma perto dos barcos ancorados.

"O coqueiro está parado", ele diz para Bito, ao seu lado.

"Jerivá", diz Bito. "É um jerivá, não é um coqueiro. É parente, mas é outra coisa."

"Jerivá", ele repete a palavra, procurando encaixar na boca os sons que ouviu.

"Dá um coquinho amarelo que as maritacas adoram."

"E está lá faz muito tempo?"

"Tem anos. Quando o doutor Maurício comprou a ilha, faz tempo isso, já estava lá."

"Você já foi lá, Bito?"

"Na ilha?"

"Não, no jerivá. Tem como chegar lá?"

"O doutor Maurício mandou abrir trilha, atravessa toda a ilha, chega até o pé da árvore. Ele fez um mirante lá, com bancos de madeira, perto de onde instalou as caixas-d'água da ilha."

"Tem uma nascente lá, então?"

"Coisa pequena. Quando enchiam a ilha de gente, faltava água sempre. Agora ninguém mais vai lá, depois do que aconteceu."

Ele não sabe o que aconteceu, mas não pergunta.

"Faz tempo que não vejo movimento lá", ele diz.

"Parece que a ilha ficou para o filho do doutor."

"Ele morreu?"

"Foi. Deu tiro no coração."

"Na ilha?"

"Não. Na empresa. Ficou com umas dívidas, parece que ele ia perder tudo."

"Que coisa", ele diz, como se os ricos não tivessem direito de se matar, ainda mais ricos com ilhas como aquela.

"Agora o filho não sabe o que fazer. Pôs a ilha à venda. Mas quem é que quer comprar uma ilha hoje em dia, não é? Só a manutenção daquilo custa uma fortuna todo mês."

"Está abandonada, então? É possível ir até lá?"

"Tem o Tião, que dorme. Caseiro. Mas dá pra ir, sim."

"E ele vive lá sozinho? Não tem mulher, filhos?"

"Moram na cidade. Ele fica lá sozinho, sim. Tá acostumado."

"Gostaria de ir até lá um dia. Ver esse jerivá. Você conseguiria me levar?"

"Eu mesmo não consigo, seu Gustavo, que agora tô enrolado com o bar aqui, pro verão, ajudando a Alcina. Mas se você falar com o Jilis, ele arruma alguém pra te levar lá."

O mar se acalma. Do outro lado da praia, ao fundo, ele vê uma massa preta cobrindo a areia. São urubus. Deve ter havido uma grande pescaria na madrugada, os bichos vindo se alimentar dos restos de peixe deixados após a limpeza. Ele observa os urubus levantarem voo baixo e lentamente se deslocarem alguns metros, para depois tornarem a pousar na areia. A onda preta se movimenta por mais algum tempo até que, de dentro dela, surgem três figuras que caminham devagar. "Aí vem Alminha", alguém fala ao lado dele. "Vá lá ajudar o Jonas e o Miquê, homem", diz uma mulher àquele que parece ser seu marido.

Quando os três se juntam ao grupo, Bianca retoma a palavra. Ela segura a urna com as duas mãos e faz um discurso emocionado, é o que ele sente, ao ver seus olhos molhados. Mas não consegue ouvir o que ela diz. A chegada do trio o deixa apreensivo. Um parente de Heitor também fala e faz gestos, como se estivesse pregando, em seguida pega a urna das mãos de Bianca e a ergue no ar. Estão encaminhando as cinzas. Há um pouco da morte de cada um deles naquelas falas e olhares. Então outra pessoa toma a palavra, e depois outra. Inexplicavelmente, ele também sente vontade de falar, mas se refreia. Em vez disso, assume a tarefa de ajudar na mecânica da operação.

Quando chega o momento, ele tira os sapatos e entra no mar para segurar a canoa onde as cinzas serão depositadas. É o mais velho dentre os homens na tarefa. Bianca então se aproxima, carregando a urna. Ela destampa o recipiente, olha para o céu, fecha os olhos e despeja o conteúdo sobre a canoa. Um pouco de cinza se perde no ar. Ela deixa a urna aberta no fundo do barco, volta-se para o grupo em pé na areia e com um aceno de cabeça comanda a entoação de um pai-nosso. Um dos filhos de Polly, Chico, aparece ao lado deles com sua canoa e amarra à popa uma corda, afixada à embarcação com as cinzas de Heitor. Terminada a oração ele começa a remar. O grupo celebra com uma salva de palmas e permanece na areia enquanto Chico puxa a canoa para o mar. Em poucos minutos ele chega ao canal entre a baía e a ilha. Da praia é possível ver o instante em que ele solta a corda e uma corrente marinha arrasta a pequena canoa branca e azul para o alto-mar. Quando ela enfim some detrás da encosta, o grupo se abraça.

Durante o almoço que se segue, Alminha se aproxima dele, com suas roupas pretas e puídas, um xale remendado sobre os ombros, pega em sua mão e, sem cerimônia, diz: "Só se enterra aquilo que está desenterrado, meu filho". Ele não responde. Ela insiste. "Muita coisa ficou parada por aqui. Mas agora se pôs a caminhar de novo. Que bom que você voltou. Vá em frente. Tudo certo. Agora é isso mesmo. É o jeito." Ela então o puxa para perto de si. Alminha mede pouco mais de um metro e meio, seus olhos mal se abrem e a voz é baixa, a fala arrastada. Ele tem que se curvar para colocar seu rosto perto do dela e ouvir o que tem a dizer. Os cabelos brancos, muito ralos, deixam entrever seu crânio pequeno e salpicado de manchas escuras. Ela beija sua bochecha, procurando a parte da pele que não está coberta pela barba. Depois toca seu antebraço duas vezes com as mãos e se despede, chamando por Jonas. Antes de o filho aparecer, ele balbucia em seu ouvido, quase inaudível: "Sim, era eu mesmo. A senhora tem razão, me desculpe". Não sabe por que diz aquilo. Ele não consegue refrear a emoção. Seus olhos lacrimejam de repente. Alminha se volta para ele e repete o que já tinha dito: "Tudo bem, meu filho. Vá em frente. Não tem mais certo nem errado, agora". Jonas aparece e o encara com uma expressão dura. É como se, a partir daquele instante, não fosse mais possível negar que fazia parte daquela história. Como se todos estivessem esperando por ele ali, desde sempre. Ele vê a velha e os dois filhos partindo. Miqueias, o mais novo, olha para trás e levanta a mão em despedida, com um sorriso no rosto.

No dia seguinte ele mal consegue se levantar da cama. Suas dores na região lombar voltaram com uma força até então desconhecida. Acorda cansado, dormiu mal, foi mais de uma vez ao banheiro durante a madrugada, onde passou um bom tempo sem conseguir se aliviar. Ele sente que, pela manhã, a doença ganhou seu corpo, como se estivesse esperando o momento certo para se revelar. Mas não deixa de se assustar com a potência daquilo, capaz de se multiplicar tão rapidamente, no intervalo de uma noite maldormida.

Está chegando a hora, ele pensa. E imediatamente se preocupa com Bianca. Não quer que ela se veja obrigada a cuidar dele caso fique inválido, na cama. Sobretudo, não quer ter o mesmo destino que Heitor. Precisa ir embora. Mas dessa vez não vai fugir. Deve contar tudo a ela antes de partir. Mas contar o quê, se o passado já não significa muito para ele? Se não se arrepende de nada? E partir para onde? Ele arruma numa sacola as poucas coisas que acumulou nesse último ano. Tem ainda uma boa quantidade de dinheiro, o suficiente. Bianca saiu cedo, foi para a pousada. Deve retornar à noite. Durante o jantar, então, vai falar com ela, decide. Vai inventar uma última história, agradecer e se despedir. Fazer parecer que se trata de um até breve. Ela pensará que ele volta para o lugar de onde veio.

À noite, quando Bianca chega em casa, ele não consegue reunir coragem para falar com ela. "Estou cansada", ela diz, e sobe para tomar um banho antes de jantarem o que ela trouxe da pousada. Ele espera na varanda, olhando para o mar escuro e para as luzes da cidade, que cintilam fracas no horizonte. As dores parecem se anunciar por todas as partes de seu corpo, extravasando até a pele, sensível ao atrito das roupas. Ele sente a pressão cair e começa a suar frio. Volta para a cozinha, toma um copo de água e senta à mesa. Quando ela desce, vestida com um penhoar sobre o pijama, ele está um pouco melhor. Ela o olha com alguma desconfiança e pergunta se está tudo bem. Ele confirma com a cabeça. "Jantamos", ele diz, tentando mudar de assunto.

Enquanto se servem, ela diz que a pousada estará lotada nos próximos meses. Ele percebe um pouco de animação nela, a primeira vez desde a morte de Heitor. Será bom para ela ter com que se ocupar no verão, ele pensa. "Essa manhã os filhos do seu Polly trouxeram uma caixa cheia de peixes, você precisava ter visto. Tinha uns cações lindos. Uns robalos. Estão achando que a temporada vai ser boa esse ano."

O peixe ensopado que ela trouxe está apimentado. Ele sente sua garganta engrossar, mas não faz nenhum comentário. No final do jantar ele engasga levemente. O corpo esquenta enquanto tosse. Por um instante fica sem ar. Ela logo se levanta e oferece um copo de água. Depois, pega um pedaço de pão e, colocando-o em seu prato, diz: "É o melhor remédio. Alivia mais rápido". Logo ele para de tossir. "Acho que a Dalva exagerou no tempero." O susto faz com que se sinta ainda mais cansado. "Ela usou uma pimenta nova, indígena. Deve ter sido isso, não está acostumada." Ele diz que vai se deitar mais cedo. "Deixa que eu arrumo aqui", ela diz. "Vai descansar."

"Amanhã de manhãzinha vou dar um pulo na cidade. Preciso resolver umas coisas", ele avisa antes de se despedir.

"Ah, tudo bem. Tem o telefone de um taxista na geladeira. Se quiser chamar, ele pode vir te buscar aqui, e depois te traz de volta. Podemos jantar lá na pousada quando você chegar, depois a gente vem pra cá."

"Bianca", ele faz uma pausa, já levantando da cadeira. "Não precisa me esperar. Talvez eu fique uns dias por lá."

No crepúsculo, ele está com os pés na beira do mar. É quase de manhã. Uma onda forte traz a concha grande e intacta de um caranguejo-ermitão. Ele segura a concha e o bicho encolhe as presas, assustado. Em seguida ameaça sair. Procura atacar com as garras os dedos que o prendem. Ele tenta quebrar a concha, expulsar o caranguejo de sua casa. Mas não consegue. A casa do ermitão é muito dura. Ele lança a concha de volta ao mar.

Na sua frente há uma canoa boiando. Entra com as canelas na água, depois as pernas inteiras, a água pela cintura, mergulha e nada algumas braçadas até alcançar a canoa. A dor, que foi quase insuportável ao longo da noite, desaparece por um breve instante. E então logo retorna. Com esforço, recolhe a âncora e traz a embarcação para o raso; é quando vê que os remos foram largados ali.

Decide remar até a ilha, alcançar o sol antes de ele passar sobre o morro. Sente agora um desejo inexplicável de tocar o coqueiro, o jerivá.

Rema lentamente e sente o vento secar o corpo e a roupa. Recupera alguma disposição. Quando não consegue mais remar, enfia a mão na água gelada. O corpo como uma canoa, que vai boiar e boiar, levar algo daqui para lá, até um dia estufar-se de água e afundar. Para morrer, ele pensa, não basta querer. É preciso aceitar. Quanta dor será capaz de suportar? Um pouco mais, decerto.

Talvez não. Talvez deva voltar e pedir ajuda, deixar-se morrer numa UTI, mais uma última casa, e depois ter o corpo carregado para o subsolo de um hospital, endurecido sobre uma maca de alumínio, encaixado numa geladeira com as suas proporções.

Ele respira fundo e aponta a proa da canoa para a baía. Rema devagar, com o dia já claro. Ao seu lado aparece um bando de tartarugas que nadam em direção ao mar aberto. Passado um tempo elas somem. Mais adiante ele pensa ver uma barbatana. Não sabe se é a nadadeira de uma tartaruga ou a de um golfinho. Talvez um cação.

Quando ele se afasta da baía e entra no mar aberto, a ilha se revela como uma nova encosta. Ele vira para trás e vê enfim o sol despontar atrás do morro, o limite do sol e da sombra, a sombra da Terra, traçando uma fronteira tremulante sobre as águas entre as encostas da baía e as outras ilhas.

Olha de novo para a ilha com o jerivá e se vê embrenhado no oceano. Um vento úmido e morno entra por suas narinas e boca, preenche seus pulmões. Ele sente uma dor intensa na costela que irradia por todo o corpo. O calor intensifica a queda de pressão. Não conseguirá chegar à ilha, ele pensa. E, se chegar, não terá forças para escalar as pedras até a árvore.

Ele se lembra de repente de outro coqueiro, que, na sua infância, cobria o chão de coquinhos amarelos e doces que ele chupava. Teria sido também um jerivá? Que diferença faz saber o nome das coisas, afinal? Sente que a memória daquele gosto doce não se desfez dentro dele. Então é isso, ele pensa. Não é mesmo o fim. Nada morrerá com ele. O mundo é o mundo. Ele é também o mundo. Bom e mau como o mundo. E a sua morte não acabará com o mal do mundo. Ele não precisa saber o que virá depois, nem o que fazer com o que veio antes. E o último instante, ele percebe, não acaba. Está no estreito entre a baía e a ilha. Cansado, ele puxa o remo direito e o coloca dentro do barco. Deixa o esquerdo afundar na água, virando o bico da canoa para o mar aberto.

Agradecimentos

Ao meu editor, Emilio Fraia, pela parceria e olhar preciso. Aos amigos Alberto Martins, Alexandre Dal Farra, Juliano Garcia Pessanha, Isabela Noronha e Rodrigo Savazoni, pelas leituras atentas e sugestões, e a Ana Bretas, Daniel Wallace, Josh Bettinger, Jaime Manrique, Bilal Tanweer, Emily Cooke, Cesar Polônia e Stephen Collins, pelos conselhos ao longo do percurso de escrita. Ao Fábio e à Cristina, por suavizarem as turbulências do mundo. A Evanilde, por nutrir a família com narrativas. A Luiza, por suportar dividir suas necessidades com as minhas e se tornar, além de filha, companheira. E a Amanda, origem e chegada dessa e outras histórias.

ESTA OBRA FOI COMPOSTA PELA SPRESS EM MERIDIEN E IMPRESSA
EM OFSETE PELA GRÁFICA PAYM SOBRE PAPEL PÓLEN BOLD DA SUZANO S.A.
PARA A EDITORA SCHWARCZ EM FEVEREIRO DE 2023

A marca FSC® é a garantia de que a madeira utilizada na fabricação do papel deste livro provém de florestas que foram gerenciadas de maneira ambientalmente correta, socialmente justa e economicamente viável, além de outras fontes de origem controlada.